秀琴，這個愛笑的女孩

◉黃春明／著

黃春明作品集12

聯合文叢667

目次

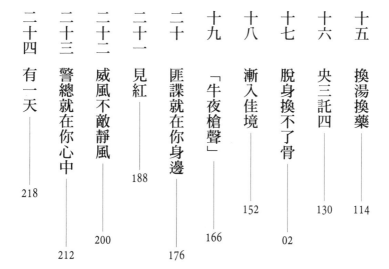

序

清倉

去年十月，我出了一本小說《跟著寶貝兒走》，今年三月我又寫就了一本《秀琴，這個愛笑的女孩》。這對一個八十有六，幾年前罹患淋巴癌，經過六次的化療，身上的毛髮掉光，四肢骨瘦如柴，胸前的肋骨如梯，並且又是一個無齒之徒。好在原本不怎聽話的我，竟然變成唯命是從的老奴，乖乖聽取醫生的話，加上老伴林美音小姐細心的照顧，才把往冥途奔走的我喚回。可是命是撿回來了，又能怎麼樣？除了加入高齡社會，無法生產，影響經濟，減少國家的稅收之外，又成了家庭的一個大包袱。此時自己陷入矛盾，整日憂鬱愁苦，想之又想，突然想再動動手指頭，再撕一些撕畫配上幾個字，做為站在沒有時刻的月臺打發時間。為了這樣的自我娛樂的遊戲，也擬定題目名為〈病中作樂，死不閉嘴〉。

任何東西一找到頭，就像握住一條網繩，只要有志，一步一步將它拉提，能撈到多少，另當別論；至少最終即可見網張目。記得起頭的第一幅畫，撕一個疲憊不堪的老人，坐在坎坷路途上的一顆石頭，問時間，說他還有多少？時間回他說：還有多少時間不重要，重要的是，你還能做什麼？

我問我自己，我還能做什麼？我知道我自己的體能弱不禁風，就拿自家沒有電梯的五樓，每天上下爬上三、四趟就氣喘吁吁，還能做什麼？好在腦筋未殘，雖然忘了些字，查查字典還能復記，另外對過去的一些人、事、物還留下不少記憶。特別是早前想像力，和創作慾旺盛時，可能創作成作品，在心中打了腹稿的，大部分都還記得住。

有關這一點有必要做點說明；一般創作的人，平時一抓到靈感，除了即刻提筆書寫，不然就是先留下筆記，或寫成草稿。我個人的習慣，一看到，或一想到什麼可寫的時候，最多先想到題目將它記下來，至於要怎麼寫，怎麼發展等等，一向不用筆記或先寫草稿。只記在心裡成為腹稿，有空閒就想想，有所變動也在腹稿毫無痕跡地修正。我有一個習慣，喜歡將許多作品的腹稿，將它當做故事說給家人，或朋友聽；其實我很注意當時聽者的反應，看受到討喜時，我就知道該篇的腹稿可寫。就因為我這樣寫作習慣，很多認識我的友人，都會說：黃春明很會說故事。或說我愛講故事。

就因為智能未殘，很多過去留下來的腹稿，還留在記憶中，有的在回憶的過程，還可以跟著外在世界的改變，和當時的想法，將原有的腹稿做些改變。我現在僅有的就是未寫成作品的一些腹稿。當然，人一走的話，留在他腦子裡的腹稿也不會存在。所以我說，我現在尚能將腹稿訴諸文字成書的話，那都是老屋「清倉」。

去年十月完成的《跟著寶貝兒走》，那是二十多年前就有了的腹稿。《秀琴，這個愛笑的女孩》，它的腹稿更早；有三十年以上。今年三月完成的，特別是後頭的結尾，有三分之一的改變。原來秀琴天生貌美，去當了臺語片的女明星時，受到欺詐而違背了契約，為了替父親繳交兩百多萬的貸款，就答應一位相差她四十六歲的老富商，做為排在第三位的小妾。可是在戶籍上一直受到老大和老二的阻礙，使秀琴一直沒能入戶富家。雖有房子住，按月有些錢花，又因秀琴長得再美，老先生其實也不來勁，生不出小孩。秀琴的媽比女兒更急，教她如何引誘老先生，教她虛假多加讚美老人家的房事之類的小事時，母女二人都自覺難堪。最後秀琴只好每天打牌，二、三十年後，她胖到連同學幾乎都認不出她來。最後，秀琴中風趴在排桌猝死。小說的結尾，擬定時間背景是處於七十年代，臺灣社會，人潮的移動，年輕的往都市，或勞力密集的加工廠的衞星城鄉，特別在大都市的臺北，大部分的路尚未拓寬，人潮洶湧，新舊重疊的怪事層出不窮。

例如北投公館路，靠近菜市場，一邊搓川，一壁依山，路雖窄，摩托車、拼裝車、卡車、公共巴士、計程車和腳踏車，還有最原始的雙腳11路，每天上下班時，把路塞得見不到路影。秀琴住的四層樓公寓，就豎立在依山的路旁；出入沒有電梯，只有狹窄的階梯。那時不盛行火葬，秀琴的法事依傳統規矩，屍體必須放在廳頭的棺柩裡，然後要根據秀琴的字畫和命底，還有跟她有關的人的命底，找出不相剋的時辰和日子，棺材才可以出殯。根據卜卦仙和專門為治喪作法會的黑頭老道士的對照，秀琴的出殯日子，需要等七七四十九天，時值農曆六月，時辰要在當天的「辰時」；是上午的七點到九點的時間。這下可好，一個屍體放在四樓家裡一個半月多，屍體在棺材裡面都將變成屍水了。如果裝屍的棺材需要三、四天，或一個星期，那是常有的事；棺材店為了屍臭和屍水不外漏，他們有辦法把棺材板銜接的縫隙，還有頭尾兩端的一個小出氣口，密封栓死，這叫做「打桶」。棺材店遇到鬼倒是常有的事，棺材要打桶禁得住一個半月多的盛暑，除非棺材是鐵打的。

那時，單單空殼的棺材要吊上四樓的公寓，所引起的麻煩，不只上下的搬運工人，被阻在公路兩頭的群眾，看懸在半空中的棺材，翻來覆去，吊車傾斜一邊的驚叫，吊車的操控駕駛也只能聽命驚叫聲，把吊臂收回成銳角，因動作過急，懸空的棺材，又摔到另一邊，吊車又向另一邊傾斜翹輪，……。有人指說，吊車需要換大的。問題是要大的可能得到基隆港找。在眾多圍觀裡面鑽出來，俱有高見者，他們說的比唱的好聽，可以用閩南話說他們，說是十嘴九腳穿（肛門）。最後還是原班人馬，和原來的吊車把棺材弄進去了；這一點也是過去的臺灣人具有的一個特點。

舊有腹稿有關此篇的高潮放在小說的結尾。原來把空棺材搬運到公寓四樓的情形，驚險到叫人心臟不是要蹦出來，就是令人窒息。四十九天後的辰時，還是原班人馬和吊車，就是上午上班的時間，公路堵塞的情形，更不用說。要把裝有十分肥胖的秀琴的棺材，從天上搬下來出殯，這是何等的萬分驚險；據說棺材已經有一股淡淡的腐臭味了。簡單地交代一下，當時影響牽絆的四棵老凰凰木，都被鋸掉，最後還是克服了難度，讓棺材著地了。因而有一說，這是秀琴的庇佑哪。

以上是有關《秀琴，這個愛笑的女孩》早前的腹稿。經三十年後，成書之後完全改變了；變得好壞是另一回事，這裡說明了腹稿比草稿比筆記方便多。作者愛怎麼改，只要想想就可以胡搞瞎搞。

我的健康，和能夠承受的壓力也都接近臨界點，好在心頭的記憶，沒失智的障礙，肚子裡還有劇本，小說，童書和撕畫的腹稿。這些東西只要量力而為，都可以一個一個整理一下，成了我的清倉貨。這就是回答時間說：現在你問你還有多少時間並不重要，重要的是，此後你能做什麼？而我的思考，我發現在尚存的記憶中，還有一批腹稿可以胡搞瞎搞，清倉。

有友人聽過某些腹稿，他會關心的問：什麼時候要寫好？有些人要我把肚子裡的腹稿列出來，好讓他們隨時可以提醒我。這一點我是反對的，這就好像開空頭支票，沒把握兌現。對藏有的腹稿，還得量力而為，能讓它成形清倉最好，千萬不能勉強。

現在我最期盼的是，盡量減少社交，演講。最好留在家做個孤獨老人，它有個好處，你精神不集中，也自然逼得非集中不可。不過這都要看個人的需要而定。

最後請原諒我胡搞瞎搞，清倉存貨。如果有讀者的支持和鼓勵，說不定我這棵枯木逢春猶再發，那我這個老朽的春明二字就變成春「萌」。

謝謝各位。

一、倒勾齒的媚眼

說這個愛笑的女孩秀琴，其實她已經是高二的學生了，在這東北角的縣份裡，要找到比她漂亮的女孩子可能不多。但是就算是有跟她一樣，天生麗質的女孩，只是當時大家窮，替人家種田的農家居多；種人家的地，佃農要繳交高利貸的地租，被剝削窮到見底。運氣好的年冬，三餐多一點米飯，少一點地瓜之外，平安與否還得靠運氣是否吝嗇；這樣全家男女大小都得投入，所得的有如乞討的工作，這就是他們窮人農家的家業。在這種一般人都窮苦的年代，縱然有天生麗質的女孩，成長的過程，被生活環境的折磨和大小病害，也給浸蝕了他們的好模樣。

因為外表會在小鎮，擁有一點小名氣，讓大家知道她叫許秀琴，那是有個不愁生活的家境。父親開餐館料理店兼辦宴會的酒家，日據時代叫大和，光復後大字多加一點叫太和。縣裡的公私喜慶宴會，生活過得去的人，談生意的，都會聚在太和交際。另有幾家同行的，它們的規模和桌椅的設備就跟不上它，連廚房的大廚老師傅也是高薪從臺北萬華請來的。來過的客人口碑都讚賞，生意好生活過得去，有吃有穿不用操勞，小姐腳尖手細，不受風吹日曬，皮膚白嫩。在那時代，女孩子的名字，不是叫秀玉、玉雲、阿梅、清香、金枝、玉葉、招弟、罔市，就叫碧雲這一類一大堆，叫秀琴的就有一拖拉庫（卡車）。我們的女主角秀琴，在班上四十二個同學裡面就有三個，還有一個用北京話叫起來同音的叫秀晴哪。

「秀琴這個愛笑的查某囝仔。」這不是家裡的大人長輩這樣講她而已，鄰居和親戚朋友也都這麼說她，其實那是用臺語說起來，帶有一點「三八」的意思；愛笑和三八扯上同義的關係，是因為秀琴做錯事挨罵的時候就愛笑，打破一個碗，寫字太重，壓斷鉛筆尖也笑，被罵得厲害的時候除了淚流滿面，最後，她還是以笑結尾。這時的笑，好像是無下意識的反射：「這款的查某囝仔，不是三八什麼才叫三八！」這樣的毛病發生在她身上，無形中卻多多少少帶給人有點莫名的好感而覺得可愛。在貧窮的年代，工作勞累，生活煩燥，言語粗糙，秀琴這樣的樣態是稀奇得教人不討厭，看到她的人，總是會多看她一眼。對這一點，她也蠻得意，在外頭時，她時時偷偷地斜視周遭的人是否在看她。這也冤枉不少自作多情的男孩子，以為秀琴跟他拋媚眼，臺灣話叫做「駛目尾」。有件事到底冤不冤枉，這就很難說。當時，小鎮只有兩部摩托車，一部是十六份大地主富二代的，另一部是杏園醫生的。有一天杏園醫生的大兒子，騎著醫生的車子從秀琴背後趕到前面，秀琴偏頭看他，他高興得回頭看秀琴，結果沒一下子的功夫，摩托車撞上電線桿了。秀琴嚇得兩手握緊拳頭，摀住張開的口發抖，再加上她無意識的哭笑。受重傷的騎士被送回家時，醫生的父親竟然不敢替兒子縫合那一二十針的傷口，結果是去請同行的醫生，到家裡來給兒子縫傷口。醫生碰到自己的兒子，連一根針都扎不下去。這件消息不用等隔天的報紙，當天口傳媒已經傳遍了小鎮，電臺的等到晚上已算是舊聞了。

杏園診所的醫生陳先生和先生娘，和太和料理店的頭家許甘蔗他們都很熟，一邊是料理店的常客，一邊是許家三代人大小毛病的診所。做為朋友家的人出車禍，去慰問也應該，並且大家把話說成醫生的兒子陳哲雄太豬哥，騎機車時回頭多貪睹美女才釀禍的。另有一說，說漂亮的婧查某囝仔，眼睛有倒勾齒，不能亂拋媚眼駛目尾啊。「醫生家的陳哲雄就是被許秀琴，駛目尾時被倒勾齒勾到的。」許多人這樣的說法，使這兩家未見面前，心裡多少有些難堪。

「要怎麼去？見面時要怎麼開口？」許太太為難地說。

「買一籃林檎，帶秀琴一道去道個歉啊，怎麼開口？」

「你這麼說，不就是我們承認秀琴害了他？」太太很不以為然，「是他們的哲雄騎機車自己勾頭看秀琴撞電火柱的啊。」

「人家都這麼說的，我們有幾張嘴？」

「也有很多人說陳哲雄豬哥，是他自己去撞電火柱的，這要怎麼說？這明明是他們自己惹的車禍，你還要帶秀琴去！」

許老闆有四、五秒憋不出話，太太知道接下來就是要大發脾氣，她趕快接著說，「你帶秀琴去？我們講起話來，不該笑，她笑了，你想一想，這樣好嗎？」

本來想生氣的許老闆，一聽太太這麼一提，想起他的秀琴，禁不住地笑了一下。

「我說真的啊，你那三八女兒你又不是不知道。」

「你說完了沒？」他知道太太考慮得週到，暗自覺得理虧又愛面子，他稍大聲地說，「好了好了，秀琴不去，……」

「你也要我去？」她想到只要她跟秀琴走在一起，大家都說他們很像姊妹，如果這次去了陳家，他們會怎麼想？沒想到丈夫的回答說：「妳會像妳女兒那麼三八愛笑嗎？」「我的女兒也是你的女兒啊，你怪誰？」原來有癥結的話題，一下子都化解了。許老闆還臨時想到，叫廚師順便準備一小鍋豬腳麵線，帶去給對方補補運。

可是再想得怎麼週到，許老闆還是自認理虧。他和太太提著禮物到杏園醫生館門口時，還躊躇了半天。最後還是被先生娘發現，才出來請他們進去。陳醫生知道許家帶著歉疚的心來訪，他故意笑著說：

「呀！你們不用聽外面的人亂說，說你們家秀琴害哲雄撞傷。」

「真不好意思。」許甘蔗他們都顯得很過意不去，這意味著他們承認外頭所說的，是秀琴給人駛目尾致使哲雄撞傷。

「坐坐，還帶林檎，哇！還有豬腳麵線呷補又補運咧！太功夫了。」陳醫生笑著說，「查埔囝仔，愛看查某囝仔，查某囝仔看查埔囝仔，這哪裡有誰對誰錯？」

就在一塊布簾背後聽到外頭講話的陳醫生的母親，伊在在地也是一位知名的助產士產婆，大家都叫她先生嬤，她在裡頭提高聲音笑著說：「查埔看查某，查某看查埔有誰不對？最不應該的就是那一枝電火柱仔，好佳哉是木頭的。」

這話一說，連在最裡頭的哲雄也笑出聲來。

二、情書不求人

其實，秀琴在念高一的時候就有男孩子塞情書給她。如果對方用寄的話，她本人收不到不大緊，大人就會先拆開來看，還會挨罵一陣子。寄到學校更不可能，沒人敢。那個時代，社會的男女不敢公然談戀愛，學校的學生更不能談戀愛的；一般的學校連小學生也男女分班分校；宜蘭就有宜蘭男子國校，和宜蘭女子國校，然而羅東中學就很例外，它是男女合校，那麼他們就比其他學校的男女同學，更有機會互看相望，或者在課外鬥嘴，其實是打情罵俏，大家心情好得很。有一說，羅東中學小得很，學生不多，扣掉女學生，男生更少。有件奇怪的事；有一次全臺高中部英式橄欖球隊的比賽，羅東中學僅次於臺北黑衫軍建國中學。論條件，羅中無論如何都比不上其他的學校。為什麼？為什麼？他們還差些些就拿到總冠軍。最後的結論是，因為男女合校的關係。這又為什麼？

三十多名的橄欖球隊員的訓練，每天午後的課外，不管晴天雨天，都在學校的操場，經過留日早稻田大學回來的徐老師，他以斯巴達式的嚴格訓練；跑、跳、衝、撞、踢、摔樣樣來。羅東是個多雨的地方，尤其在雨天練起球來，每一個人都變成泥人。當他們在練球的時候，女生只要沒有別的事，她們最喜歡躲在教室走廊，或者抱著廊柱，不是看熱鬧，而是偷偷欣賞，在心目中各有各的愛死了他的人吧。這些男孩子，別的情形的同理心還是糊裡糊塗，但看到走廊的女同學在觀賞他們時，他們倒是真正嚐到被女生看上的那種心情，於是乎腎上腺素一直飆高，比吃類固醇更有長效性。這就是羅高橄欖球隊，比起其他球隊更會達陣得分的唯一原因。羅東中學男女合校，醞釀出這麼奇妙的功能，訓導處竟然無感，就在那時期，把寫情書給女生的男同學記過之外，還把情書公布出來。在這方面犯規的都是男生，不過有個女生是例外，因為她和一位男同學真正談戀愛而被有校史以來，第一位被學校因為談戀愛退學的女生；當然男生也一起退學了。

起初秀琴放學回家的路上，有男生借擦身過來的同時，把秀琴掛在肩膀的書包掀開，一封情書就塞了進去。她手雖抱起書包，嘴巴叫不要，信已經在書包，那個塞信的人已跑到對街的走廊，回頭看秀琴她們，笑指著身邊幾個男生的其中一個；意思是說不是他本人，是那個人要他給的。當時有男生想送信時，都會找調皮搗蛋的同學，在路上大刺刺塞信給女同學。女同學收到這類信，回到家都會偷偷拿出來一看再看。

就以秀琴來說，到了畢業那一年，直達快遞塞信不說，郵寄給她的情書也可真不少。寄信人除了學生，也有社會人士，還有來自他鄉的信。開始的時候，母親還有時間逐封拆開來看。到後來太多了，看也看不完，並且有一半以上，都抄自坊間賣的，情書不求人、情書三百封之類。最常看到的句子是，「當我看到天上的星星，就想到妳那明亮的眼睛。」「我一想到妳，我的心就和小鹿一樣，噗通噗通跳個不停。」秀琴的媽媽說：「我看到眼睛都脫臼了。本來不會作文，現在我好像也可以作文了。」她一邊說，一邊把信往灶坑裡面丟。這些信件，收信人許秀琴小姐，竟然連一隻字都見不到。

「人家那些信是寫給秀琴的，你卻看到嘻笑怒罵都來。」

「喲！苦甘蔗（許字臺語唸成苦，這時候太太有意虧先生一下，）是你叫我不要給秀琴看的呢。」許太太回嘴說。

「妳這樣看，有沒有看到像樣的？漏掉大尾魚？」

「看信怎麼能知道？不用急，秀琴下個月就畢業了，以後再說。要嫁嘛還不用急。

你怕你的秀琴沒人愛？」

「哎！早前那個不流產的話，今天可讓妳更煩更忙。」

「那得看小孩長得像我。」

秀琴從外頭回來了，看到媽媽在燒人家寄給她的信。那時代，父母親沒收女兒的信好像是應該的，當女兒的只敢怒不敢言。秀琴還沒開口，媽媽就說：「看！這都是妳的信，我已經燒了一大堆了，也有寄照片來的，穿西米落，又結內褲帶（這是臺語混日語的諧音：就是穿西裝打領帶的意思），看起來跟那些不成囝仔的高中生不一樣，人看起來還算緣投仔樣。他是誰我也不知道，我只把照片留下來不好意思燒，他的信我一時也沒想到什麼就把它燒了，所以才不知道這照片是誰。妳在外頭到底是怎麼惹的，還好，惹的不是蜂窩。」

秀琴只有咬唇，結果還是笑出來。

三、銅扣子彈

小鎮是太平山和大元山檜木的集散地，生意人木材商，製材所帶動了小鎮的繁榮。特別是談生意的交際場所，例如料理店和酒家，工人和一般人的小吃夜市，大廟埕的打拳賣膏藥，還有連電影院和戲館的生意，小鎮就像一鍋不曾熄火的滾開水。太和料理店兼二樓辦宴席的酒廳，可以安排二十桌的席位，如果加上一樓十桌，那就有三十桌的席位了。更多的時候，外頭的走廊還可增加幾桌。

自從杏園醫生的哲雄撞電線桿的事故，跟秀琴扯上關係之後，口傳口的原始傳媒，發揮出來的傳播效果，除了揚名內外，太和料理店的生意，明顯地有了成長；特別是晚餐時間，不少人是抱著，沒好好注意過秀琴的好奇心去的。許甘蔗和太太都知道，有這樣的成績絕對跟女兒秀琴有關，所以秀琴一畢業，一下子就扛了幾項職務；掌櫃，太和的形象廣告代理人，早上陪伴媽媽帶佣人去菜市場辦貨等等。並且熟悉的客人，還會要許老闆帶秀琴出來，跟客人認識認識，意思意思敬個酒。為了這件事，許家和幾個親戚朋友，怕秀琴被誤為是太和的酒家女，大家爭論一番的結果，許甘蔗有點慷慨激昂地說：「這樣好了！從明天起，太和料理店的頭家，就登記給許秀琴。」大家一時腦筋還沒轉過來，全都愣了一下。「秀琴變成頭家，那她跟我做頭家一樣，客人來了，不管認不認得，都得去跟人愛砂子（日本話的諧音）打個招呼，說太和換頭家，換許秀琴了，請多多照顧這樣。」當大家都搞清楚了。太太笑著說：「過去人家都笑你苦甘蔗苦甘蔗，今天怎麼變聰明變成甜甘蔗了！」

這麼一來，沒半年，各地大地主、大財主、生意人還有其他團體都變成太和的顧客，來辦桌開宴會的，小攤的家庭消費，以來吃餐的理由，其中常混未婚的少爺偷偷來相親。這樣的事秀琴也知道，媽媽警告她說：「妳以後要嫁給誰，先都不要去想，自己也不要先決定。妳不要怕沒人愛，是別人怕妳看不上他。」這樣的話，愛笑的秀琴不知道聯想到什麼，一直笑到不行。「我跟妳說的是實在話，這有什麼好笑到這樣的程度！」在秀琴不斷的笑聲中，「說妳三八，一點都不冤枉。拜託妳定著一點好不好。妳，許秀琴現在是太和的頭家哪！」本來笑得肚皮有點抽筋就將抑止笑時，聽了最後這句話，秀琴不但又笑，眼淚都蹦出來帶著生氣大聲說：

「好了，請妳不要再說好不好？」她是要媽媽不要讓她笑得那麼難過。

還是媽媽清楚女兒的毛病，她轉身就走開。這樣秀琴總算可以深深吸一口氣了。

讓許秀琴掛老闆的頭銜，讓她可以跟客人打打招呼這一招，產生他們意想不到的宣傳效果，對秀琴而言，她個人自由的權限也增加不少。就以書信來說，於她坐在太和入口左邊的櫃臺時，有不少客人在買單的同時，經常有人塞信給她，有的是利用路過時遞給的。這些信件跟她做學生時的命運不同，就算媽媽看到了，也不再沒收，並且還可以留下來自己看。媽媽看到了，最多嘀咕幾句說：「那些信寫什麼我都知。妳想看的話，去買那種教人寫情書的書回來看。那些信都是從書上抄來的。」

其實秀琴早就長大了，在高二軍訓課時，教官要她們立正挺胸：「把胸挺出來！不要像駝背！」教官站在前面，面對著學生，眼睛一個一個瞪著學生，「挺起來！」「肩膀後弓。看！像教官我，看，左右兩邊的肩膀往後，盡量往後！往後胸部自然就挺出來。」當教官一個挨一個，將要瞪看秀琴時，秀琴深深吸了一口氣，把胸部用力一挺，制服胸部的銅扣子，答的一聲，像子彈往教官蹦出去。秀琴自己嚇了一跳，馬上臉紅低頭抱胸，還爆笑一聲。這除了站在左右的兩位同學和教官知道之外，其他所有同學都不知道發生了什麼事。教官的威嚴不見了，笑聲由秀琴兩邊的同學，沒一下子就傳到全班，笑聲被罩在禮堂裡轟動。到了高三，秀琴換了大一號的制服，可是同樣的事，在升旗的朝會又發生了一次。

女孩子成熟長大了，尤其是在較封閉的社會，在重男輕女的文化環境，有的被壓抑得自然就悶騷起來，像加了蓋的壓力鍋，做為一個大家喜歡看她的秀琴，所接觸到的目光，都是帶著愛慕的眼神，使她的精神充了電似的，有一種說不出飽滿的感覺。到了晚上在自己的房間，拆開那些白天收到的信，是抄來的，或是原作也好，已經不再是學校的高中生了，他們都是社會上未婚的青年；有公務員、做生意的、富家子弟的等等。他們在信中多少都會吐露出家庭的優渥背景，以及他個人的才能，其中就有兩位自稱為畫家的。秀琴看得很興奮，越來越喜歡自己，就要睡覺了，最後在床頭照照鏡子，笑了笑，才上床接著從收看到的信，產生的想像繼續做她的夢去。

四、豬母稅

漂亮的女孩，不止年輕人喜歡，上了年紀有錢有勢的企業家或是大老闆，他們雖然已有子女家室，還是有不少人也很想擁有她，來做老二或小三。這些人為了秀琴，自己製造機會，大小攤的交際設宴訂桌，自個打電話就可以和秀琴講講話；談話的內容除了菜單之外，天南地北還有他們的生意和企業的規模，想來打動秀琴的芳心。

認識許甘蔗夫妻倆的親戚朋友，都非常羨慕他們有秀琴這樣的女兒，乖巧又能幹。他們自己也這麼認為，「但是查某子養大了就變成別人的。」秀琴已經十八歲了，當時女孩子大部分都早婚，十五、六歲就結婚，特別是窮苦的農家的童養媳。一般人超過二十二歲未嫁，人家就有話說了。秀琴的家裡想，至少也得留四年的時間。雖然還有一段時間，對許家就已經感到時間緊迫的壓力；要嫁給誰？真不捨。招贅嘛覺得比嫁出去更吃虧。平時就有不少人來提親，敢來的條件都很不錯，不但對女兒好，有保證，對家人也好處多多。

「還沒了，學校剛剛畢業才十八而已。」許媽媽說。

「十八歲最理想，不會太老，又不會太年輕。我們以前十四五歲就嫁的滿滿是。嫁娶是一種緣分，機會要是失掉了，就很難回來。」媒婆鼓起三寸不爛的蓮花舌，像說個祕密小聲的說：「我們這裡最大的木材製材所興大公司。這裡的松羅檜木，都由大兒子陳振興在經營外銷日本和其他國外，他今年三十二歲未娶，因事業無閒娶某。他現在欠一個可以信任的人來管理財務，他們的買賣金額都很大。老頭家陳福星說，要是秀琴嫁他們做媳婦，錢銀的往來全都讓她管理。你們要到那裡找到這麼好的機會？」

「好是很好誰不知道。我們現在店裡面的工作也正需要秀琴，她至少還要做四年的幫手。」許老闆說得有點不捨。

「再等四年？誰會知道四年後的事？到時什麼緣分都烏有了。我老實跟你們說，排在後頭，等著要嫁入陳家，大概從這裡排列，可以排到火車站那邊去了。」

除了陳家愛秀琴，排在後頭的大概也排到臺北車站。許甘蔗暗自這麼想，只露出笑臉對媒婆說：「兒孫自有兒孫福，女兒也一樣。這件親事，我們家秀琴也都還不知哪。」

「是啊是啊，好事多磨，沒有說一談就成，所以人家說，媒人婆把人家的戶檻踩到垮。我看需要再多喬幾次，最後再請陳家來會面。」

「陳福星他們一家人，昨天晚上才來店裡吃晚餐。有啊，大家都談得很愉快。」許太太約略知道，有些對象都是媒人自己先假定之後，再去打聽串門子的。

自從秀琴拋頭露面，給太和多拉了些客人，也增加父母親接不完來向女兒提親的事。這樣的事給他們帶來喜悅，多少也帶來了困擾。有關婚事，跟秀琴約好四年後再說。再說秀琴在婚姻對象的資訊，多到她自己也搞糊塗；人才相貌，經濟條件等等好的人不少，就是還難拿定主意。然而更麻煩的事，是阿公和阿嬤，他們兩個老人早就交代，許家的後代只有秀琴這個女孩，為了許家的香火，她只能招贅不許嫁出。為了這件事，許甘蔗跟老人家爭辯到鬧翻。透過許甘蔗的兩個姊妹也來一起跟老人家溝通之後，老人家讓步說：「要嫁可以，但是要抽豬母稅，也就是說，生了孩子，頭一個是男孩子的話，冠姓時要姓許才可以。」

「說是這麼說，也要看對方願不願意。有錢有勢的人，有誰願意去入贅？再說，秀琴嫁了之後，都生女孩時怎麼辦？另外……」老人家已經聽不下去了。老母親打斷兒子的話說：

「好、好！我早一點死，你們要怎麼做由你們。」她喘了一口氣，帶著一點哀傷說，「我看我們許家的香火到此為止，絕了，絕了！」話說到此，整個房間都安靜下來，可是大家好像聽到秀琴吃吃的小笑聲，大家往秀琴看，只看到她低著頭，用手帕搗鼻子，好像在難過飲泣。

「時間還很久咧，不要沒事找事煩。」許甘蔗嘆了一口氣，說著就走開，像關熄了火，沒一下子就煙消雲散，各自去做各的事了。

五、一顆隱現的明星

有一個晚上，就要打烊，秀琴坐在櫃臺低頭結帳，外頭擠進來七八個人，笑著叫肚子餓。秀琴說他們正好要打烊了，請他們另找店家。這時有個中年人，看起來跟其他人的態度有很大的不同，他笑著說：

「我們是在幹什麼你不知道？」說完了還輕視地留下笑臉。同伴的另一個年紀稍大的人，口氣像是來救援似的說：

「他是鄭導演！《白賊七仔》那一支電影就是他拍的。」秀琴知道有這麼一支臺語片，至於導演是誰根本就不知道。不過所謂的導演，在社會上也算是有地位，又是令人覺得是神奇人物。她感到對他們有些失敬，正想叫他父親出來時，他就在後頭，一聽是電影導演，馬上跨步出來，帶著十分熱情地說：

「歹勢歹勢，小女孩不懂。鄭導演裡面坐。請，請。」他回頭向裡面大聲叫，「請師父和水腳晚點走，灶火先不要關。」說完再叫秀琴的母親，「阿霞，你快出來帶鄭導演去套房坐。」就要打烊了，經許甘蔗一下令，整個太和又忙起來了。

鄭導演帶來不只八個人，還有一大堆器材；好幾捆電纜、燈架、攝影器材。負責攜帶的人就隨便拋在室內的走道；好在打烊客人都走了。這一批人裡面還有兩位女主角，因為還沒完全卸妝，上衣隨便披著男人的外套，妝化得很濃，看起來比平常的女人好不到那裡去。他們是來羅東拍些外景戲，而耽誤了一些時間。秀琴仍然顧她的帳櫃整理帳冊。

許甘蔗和碧霞陪著客人先喝喝茶閒聊。鄭文斌導演，推掉閒話，興奮又驚訝的問：「老闆，坐在櫃臺那一位小姐是你的女兒嗎？」

聽到鄭導演的問話，許甘蔗當然很高興。「是啊，歹竹出好筍了。」

老闆娘稍提高聲音笑著說：「誰說的歹竹出好筍！那是你說的，」她指著丈夫說，「你們看我。我是好竹或是歹竹？」她也是人看多了，很會交際。她的話一說完，大家都跟著導演鼓起掌來。

「我剛剛心裡在想，老闆娘和櫃臺小姐有很多相像的地方。原來沒錯。」導演這麼一說，做媽媽的樂起來了。隨來的兩位女主角也說話了。他們說：「看老闆娘那麼年輕，很難叫人相信她有女兒這麼大了。」緊接著另一個也說：「就以老闆娘現在這樣，來演我們的臺語片也不會失禮才對。」

「什麼？叫我去做女主角？倒貼錢請人看，人都不想看哪。」對方的話讓碧霞歡喜又臉紅，她接著說：「你們要是說，叫我女兒許秀琴去試試，這我還相信。叫我？不要笑死人了。」

「唉！這倒是可以考慮考慮哦。」導演說。

「鄭導，你不是正要拍下一部戲嗎？也正在找女主角。」女演員中的一個說。導演聽了之後嘆一口氣說：

「呀！不是叫你們不要隨便說出我們要拍下一部戲的消息嗎？話今天在這裡說還好，在外頭千萬不能說。你們也不是不知道，臺灣的電影界，你有什麼故事一講出去，別人馬上抄襲過去，一說出要某某來當主角，主角馬上被挖走。」一場有說有笑的閒聊，被導演剪了。還好，導演笑著把它接回來，他說，「在這裡我們話講了就講，是的，我們現在拍的這一支殺青之後，要拍一支叫做《午夜槍聲》。不要對別人講，劇本也差不多了，角色還在找。」

過了一陣子，飯菜已經陸續上桌了。「肚子真的很餓，大家先吃。」導演宣布開飯的同時，許甘蔗帶秀琴先來給導演和大家，意思意思敬個酒打個招呼。大家都端起酒杯，目光都集注在秀琴身上，害秀琴緊張得臉都紅了，還少不了不是她想笑的笑聲。這一笑卻給秀琴加了分，整個套房都亮起來了。

「來來來，這邊坐，我們一起來吃飯。」導演想叫人空出旁邊的位置，要秀琴共餐。

「導演，很不好意思，我還有工作沒做完。對不起大家，請慢用。」說完了，許老闆就讓秀琴走開。

時間過得真快，這一群鄭文斌導演帶來的人馬，吃吃喝喝也過了十一點。許甘蔗跟太太很在意，他們會不會找秀琴當明星的事，一直陪小心不敢向對方提醒時間已晚，但是看樣子不說的話，他們還不會離開。這樣下去，絕對影響明天店裡的工作。

「你去講。」

「喲！苦甘蔗，你做頭家人不去講，叫我們查某人去講？」

「拜託了。你們查某人比較好講話啊。」陷入為難的老闆笑著懇求。她一想也有道理，一轉身就到套房去。

老闆娘碧霞笑嘻嘻的對著鄭導演說：

「鄭導演，吃飽了沒？真不好意思，剛才要收店了你們才來，什麼都沒準備好。」

「好吃好吃。我們才不好意思，這麼晚才來。」

「鄭導演，是這樣的，已經十一點了，我們的店員他們都要回家休息了。你們吃飽的話，讓他們收一收好嗎？」

「噢！十一點了。應該應該。喂，大家準備走了。」聽導演這麼一說，大家懶洋洋的動身，老闆娘帶著笑臉一直賠不是。這時導演先走出套房，回頭請老闆娘出來一下，在牆角導演說：「是這樣的，我們前天就從臺北出來拍片，因為多花了錢，恐怕不夠付今晚的餐費，我們商量一下，下個禮拜我們還要來，還要來你們店裡吃飯，那時候我們會一起跟你算。真歹勢。這是我的名片，有公司地址和電話。」

這句話一時間，可讓老闆娘很為難，不知怎回答好，因為導演先前略為提到秀琴當明星的事。在她還沒開口，鄭導演說了：「我們還有貴公主秀琴的事，要跟你們好好商量哪。」

老闆娘一聽到導演講出心裡的話，她大方的說：「導演，這樣的小事情，用不著不好意思。以後可能我們要麻煩你的才多。」

「互相互相了。」

客人走了，許甘蔗沒看到他們付錢。「有沒有收錢？」經碧霞一一說明，他們寄望秀琴才結束了一天的忙碌。

六、要快、要大聲

自從鄭導演嘴巴說說，要考慮許秀琴當明星之後，許家大小的心裡，對未來充滿了莫名的喜悅。秀琴和其他人的笑臉也像日日春的花，逢春花開不謝。可能人的喜悅持久了也會疲憊吧，經過兩個禮拜了，未見鄭導演再來找他們。本來過了一個禮拜以為鄭導演他們會來，再等了一兩天，打烊之前，許老闆夫妻和秀琴，終於提起導演來了。

其實，太和許家他們才不會為鄭導演欠他們一攤飯錢，撥個工，跑到電信局打長途電話。一個多年著名的料理店，哪有沒遇到蹩腳奧客的呆帳。他們到了年底之前，翻翻帳簿，夫妻倆嘴巴咒咒唸唸，也就認了。之所以會提起鄭導演，完全是他們心裡覺得不好直說出來的事。那就是他們真的會不會，找秀琴當明星拍電影？對這個問題，他們三個人裡面，母親碧霞最為急切，再來才是秀琴。許甘蔗他也有所期盼。

「你們都沒接到鄭導演的電話嗎？」許老闆問。

「有的話我就會講啊。他們要是有來羅東拍片，就有人知道。」

「他不是有名片給妳，妳不會打電話問一下。」

「問什麼？問飯錢？問秀琴拍電影的事？這都不好意思問。怎麼問？」

秀琴終於開口了，「帳我在管，我來問。」

「這怎麼好意思？」他覺得為難。

這麼說確實為難，但是內心急於為難時，再也沒思考餘地。秀琴說：「帳我在管我在負責，由我客客氣氣的，向他說你們什麼時候要來羅東？這不就好了？」

「噯！秀琴真的長大了。」許老闆和太太，自然連秀琴也笑得很開心，好像一個小死結被打開了。

「打到臺北北投是長途電話，我跟妳去電信局。」媽媽說。

他們走到北門電信局，掛號排在三、四個人後面，坐在三個木板相隔起來，講長途電話的小房間的旁邊，被裡面講長途電話的人吵得讓人坐立不安。

原來講長途電話三分鐘算一通，一般來打長途電話的人，都認為長途電話要大聲對方才聽得清楚。再說，有話要說快一點，這才不會拖長了時間多費錢。所以相連在一塊的木板小房間，轟出來的混聲亂得像吵架。有一間是媳婦在向對方哭訴。另外兩間，一個是大聲指責對方留下來的什麼問題。另一個是老闆在指揮對方的員工，這裡找，那裡找，員工都說找過了，他氣得叫他找另一個人來聽電話。整個電信局，好像只聽到講長途電話的人的聲音。其他人一邊工作，還有等待掛號的客人。他們時不時就聽到從話亭傳出來的，不管是罵話或是什麼話時，外頭的人互看一眼笑笑。

那位罵員工笨得像豬的老闆，一走出話亭，嘴巴還沒停，當有人看了他一下，他笑著說：「真的啊！笨得像豬啊。真氣死人。」其他人走出來時，看看外頭的人，看到別人注意他們時，多多少少會顯得不好意思的樣子。

秀琴算是第八號，輪到他們兩人進到第二號房，母女擠在小房間，母親就拿起電話，喂喂，喂喂，喂個不停，對方懶懶應付幾聲，有氣無力的回答說：「鄭什麼導演？」碧霞急了，「你們不是北萊烏電影公司嗎？我找鄭、鄭成功的鄭，鄭文斌導演？」接電話的人，糊里糊塗回答說：「有嗎？鄭導演？」旁邊的一個女的說，「有，這幾天都在外面拍外景，但是我們不知道他在哪裡？」

「那就請小姐告訴他，說羅東的太和料理店找他。」

「找他有什麼事嗎？」

「嘿嘿嘿，倒是沒什麼事啦。請你告訴他我們找他就好。拜託。謝謝。」本來秀琴和母親一邊批評著他們，一走出來看到許多人在注視他們的時候，付完電話費就離開。

到了外面，媽媽告訴女兒，說有關她聽來的臺灣電影界，一些奇奇怪怪的事。「有遇到人財兩空的，有的人是出了名，其實男女關係弄得很複雜的都有。看運氣了。女孩子像妳長得這麼漂亮，沒當明星也可惜，要當明星也叫人煩惱。這幾天我跟妳父親都在談這個問題。」母親看到秀琴在笑，「真的啊，每天晚上都談到睡不著覺。我們還聽說搞電影的，流氓占一半以上。」她們說著說著就到家，一進門許老闆看她們母女兩個的表情說：

「沒聯絡到對不對？我就知道。現在不去想它了，錢收不回來，就算納學費學一次乖。秀琴要不要當明星也不要去想了。那是當時他們想白吃一頓，說出來騙吃的。我們開菜館又不是沒遇到過這款事。」

雖然事情不是她惹來的，但是對方借著她的美貌，讓家裡被騙吃騙喝了不少錢的一頓。秀琴自責，難過地哭著說：「我又沒說我要當明星，那是你們和他們講的。我才不要當什麼明星不明星。我不要！」最後一句用哭聲大聲地叫出來，在場的父母親和阿公阿嬤嚇一跳的同時，秀琴笑起來了。

母親碧霞淡淡地笑著說：「不要怪人家說妳三八，妳這樣子不是三八，什麼才叫三八？」

阿嬤也笑著說：「我們小時候要是這樣的話，馬上就被笑著說，一會哭，一會笑，豬母尿，沙沙叫！」唸了一句俗諺。

七、地動山搖

太和料理店就在戲院附近，粵語的電影《查士雄》打鬥片的晚場散場，也是太和晚餐後，一樓的一段小宵夜。當時臺語尚未被禁止的前一小段期間，除了日本片，美國片等等都可以放映。可是沒有字幕，就算有字幕，因國語未普遍，有看沒人懂，或眼睛跟不上字幕。所以放電影的時候，要有一個稱為辯士的人，坐在銀幕右手邊角的小桌椅，看著畫面說故事和翻譯片中的對話。但是他所說的話，都不是直譯或是意譯，全都是自己瞎掰的，也因為他瞎掰得不分悲喜。經這位嘴巴破相歪斜得像名牌耐吉 Nike 一勾的標記，小鎮的人都認識他叫賴歪嘴；凡是哪一國的影片，需要旁白加說明，他都不成問題，票房還可以大大加分。

《查士雄》三天演六場，最後的一場，對一個辯士來說，是經過五場的演練，最後一場就是賴歪嘴，最精彩的表現，也是觀眾最多的一場。年輕人特別喜歡賴辯士編出來的話；上一部的美國片，有一段整排長腿美女，在影片中的舞臺，勾手串成一整排跳著康康舞，背景音樂是法國的嘉禾舞曲，這一整排十二位長腿美女只穿三角褲和胸罩，她們隨著四拍子的音樂，跳到每一節的四拍子時，整個單腳的大腿整齊地高高抬起。這樣的動作只是配合旋律和節奏而已，我們的賴歪嘴竟然透過麥克風，編詞大聲唱出：「哇達西諾三角褲嘛乎你看！」（那是日語加上臺語的一句話，意思是說；我的三角褲就給你看。）唱得音韻都很搭調，很黏年輕的嘴，他們看完電影後，時不時不自覺就哼出來笑笑。

這一晚的《查士雄》，他又有新創的幾段話；那是主角查士雄跟幾位歹徒惡鬥時，查士雄一拳打出去，再怎麼看，拳頭還差歹徒的頭有四、五公分的距離，歹徒竟然像是受到重擊，往後翻倒，觀眾當然都看到了。賴辯士馬上搭嘴罵：「你騙鬼！我還沒打到你，你就倒了？」這個被打翻的歹徒，倒下時撞到布景的山壁，整個山壁都動起來。辯士緊接著說：「沒打到是沒打到，不過撞得蠻嚴重咧，整座山都動起來了！」這種因為成本的關係，捨不得剪掉的NG片段，經賴歪嘴辯士揭穿的同時，觀眾樂得回報熱烈的掌聲和笑聲，也都變成片子的金句片段。

賴辯士幾乎晚場散場，都會到太和吃一盤炒麵喝一杯酒。鄰桌的客人，特別是中老年人，尤其是幾個人一起的，他們最喜歡能夠和辯士聊起話，有時是客人邀辯士過去湊一桌，也有客人拼過來的，一聊得高興，不管陌生的或是熟人，常會為賴辯士買單。有人偷偷地笑著，說要是他是賴辯士，他也會去太和吃宵夜。

「賴辯士，你真正好厲害，一個死東西，經過你的嘴一講，死的也活過來。」邀請辯士過去的客人，是碾米廠的陳老闆，他帶了幾個朋友就是剛散場出來的。太和老闆夫妻和秀琴，他們都出來跟這些常客打招乎。

「許的，你們有去看《查士雄》？」

「心裡一直想去看，這兩三天店裡太忙了。有了，有聽到客人說真好看。」

「什麼好看？如果沒賴辯士掛說明，那種隨便拍拍的電影，怎麼能看？別人故意去想也想不出這麼有趣的話來，真正巧妙的不得了。」

賴辯士聽到大家的褒獎，樂得歪斜的左嘴角翹得接近左耳，讓人一時不好意思正視他。他把嘴巴合攏下來說：「我的飯碗也快沒了！」

「為什麼？」

「咱們的臺語片一直推出來了，《王哥柳哥遊臺灣》啦、《林投姐》，還有什麼，什麼那個《恨命莫歸天》，還有好多陸陸續續推出來，這樣你們就知道我的飯碗就沒了。」

「不過美國電影也一直進來，美國電影沒有你掛說明，有幾個人看得懂？」

「其實美國電影我是靠故事大綱，記一些情節，再看畫面講，尤其是對話的部分，那都是我賴歪嘴自己亂講的……」

「好看就是因為有你賴辯士，你說你亂編的部分。上一支美國片，片名我忘了，好像是西部片，聽你掛說明，觀眾從頭笑到尾。現在想起來還是覺得好笑。」同桌的一個人，說完了再笑起來，其他人因為沒看，他們臉上只露出好奇的微笑表情。

「敢真的有那麼好笑？我說什麼我都記不得了。」

「當男女主角要嘴對嘴的時候，你就說湯姆和瑪麗要起厝，小孩子眼睛閉起來，我叫你們睜開才可以睜開。」說的人自己笑得很開心，其他人還是沒弄清楚。

「有什麼起厝小孩不能看的？」

「英語接吻不是叫做起厝？」他把日本人的英文外來語 Kiss，用臺語諧音聽起來就像起厝。這下大家懂了，有人贊成這麼說：「是啊，阿啄仔的電影，男男女女動不動就起厝，真的教壞小孩。」

「說是那麼說，看美國電影就是要看查埔查某起厝，還有看他們查某人的大腿大粒奶。」

「老實講，美國查某比咱們的查某漂亮得多。」

你一句，我一句，有人說：「喂喂，他們家秀琴漂亮不漂亮？伊就是咱們的臺灣姑娘。對了，有一項事情我想問頭家。」他朝裡面叫，「許頭的！……」應聲出來的是老闆娘碧霞。

「歹勢，許甘蔗在廚房無閒，有什麼事告訴我就好。」

「我聽風聲講，說你們秀琴要去當電影明星敢是真的？」

碧霞高興的笑著說：「妖壽噢！話是怎麼傳，傳到你們的耳朵？」聽者追問，她高興的笑臉，已經回答了客人的話了，然而她支支吾吾地，「是這樣的，……」說了兩個禮拜前，北萊烏的鄭導演曾提過的事。大家聽了之後都為許家高興，唯有賴辯士冷淡地笑了一下說：

「恭喜是恭喜，臺灣電影界是烏陰天多過出大日。」就這個話題，案例故事不少，他們多叫兩三樣菜和兩瓶紅露酒，聊到店家客客氣氣出來送客。

那晚，秀琴的父母，憂喜參半，聊到翻鐘還是得不到結論，只好跟自己說：再說了。這樣在床上還多拖了半個小時才一一入眠。

八、神風特攻隊

太和餐館來了幾個新客人，是老顧客製材所的吳董帶來的，臺北五堵的一家鐵工廠廖錦德董事長和他的幾個幹部。另外兩位貴賓是，剛來駐進宜蘭機場的軍官李營長和指導員。他們談妥一件大買賣；那就是機場尚存七十二架的神風特攻隊的戰鬥機，全部賣給廖董的鐵工廠。

其實，二次大戰末，美國五角大廈，有陸軍和海軍的反攻日本的兩套計劃；陸軍麥克阿瑟，在撤退時，恨憤地把咬在嘴巴的老舊菸斗，摘下來用力擱在辦公桌上，說他會回來重新拿回菸斗。然後再從菲律賓，跳島反攻冲繩，再直搗日本本土。當然這一定有綿密的客觀計畫，但多少也有一點麥克阿瑟個人的意氣在裡面。

美國海軍的計劃是先奪取臺灣。臺灣雖然不大，但是要全面性地做為戰場，那一定是非同小可的一場大戰，所以美國海軍的計劃是，先用海軍的艦炮射擊和海軍陸戰隊，奪取三面環山面向太平洋的蘭陽平原，然後再延展他們的反攻。這些計劃日本從大小情報的蒐集，大略也都想像到，且在具體的應戰上也做了準備。他們在宜蘭拉伕抓所謂的公工，緊急的擴建一個飛機場，讓較為簡單的戰機，以飛機夾帶炸彈和特攻隊員，做為人肉炸彈，直接栽撞美國的軍艦。起先是有一架中彈的飛機，在面臨墜毀之前，飛行員把握最後機會，往美國軍艦撞擊成功。後來日本以人機攜帶炸彈，命名為神風特攻隊，直接駕機直撞軍艦的戰術，來攻擊美艦。對日本這一招敢死隊的攻擊，美國隨即改裝了原來挺直的戰艦煙囪，改為傾斜，又增添了綿密的火網，使這種神風特攻隊的戰機，幾乎再也碰不到美國軍艦的汗毛就被打下來。因此這個被看成神勇的特攻戰術，完完全全破功了。

這一筆日本神風特攻隊的戰機買賣，跟當時進駐學校的軍隊一樣，缺少柴火時，把學校的課桌椅拿來當柴火，這種事沒人過問，更沒人敢聞問。宜蘭機場的七十二架飛機，就在太和菜館的套房餐桌上，分成好幾次的聚餐就被雙方吃得乾乾淨淨。得到好處的人不僅臺北五堵鐵工廠的廖董和李營長，太和也增加了不少生意；他們的包廂，被買賣飛機雙方，將近包了兩三個月。那些拆完的飛機，除了外殼的鋁合金鋼板之外，它的電纜、電線內的銅絲、發電機、擊不碎的飛機防彈玻璃，還有許許多多的儀器和零件，如指北針、平衡儀等等。這些東西，需要的行業，例如煤礦、漁船、女人裝飾品製造業和其他懂得使用的人都把它當寶。其中最有趣的是，將飛機上的發電機，用擦皮鞋箱大小的木頭箱裝在裡面，上頭不加蓋，讓發電機陰陽兩極的線頭相距半公分，底下放一瓶裝油的瓶子，讓瓶子上端抽出綿條當油燈的燈芯，另外在木箱子的右側中央，裝一只與發電機轉軸，連接到外頭可往前轉動的小把手；只要大姆指和食指一捏搖轉一下，即可激起兩端的火花，點著油燈。

幹什麼？

在漁船上當做世界上僅有的點香菸的打火機啊！

太和有了這樣的機緣，秀琴的人氣旺得不得了。外人羡慕，許家卻憂喜參半；尤其那位一出門就穿著發光發亮的長筒皮靴，腰間配帶殼子槍（當時的一種手槍），吉普車一停，先看到醒眼的皮靴伸出來，再來就可以看到長得年輕又帥氣的李營長。他也看中了秀琴。他一到太和就找秀琴，借故要秀琴教他臺灣話閒聊。秀琴心裡有點莫名的害怕，是怕長輩的人說話，但不討厭李營長。這在許甘蔗夫妻看來，十分擔心，特別是看到女兒樂見李營長的情形。他們夫妻倆，一有空就拿許多外傳當時軍紀敗壞的許多案例說給女兒聽，甚至於叫和秀琴熟悉的親朋好友，提醒秀琴不要一時糊塗被拐騙。秀琴每次聽他們對她的擔憂，她總是笑出聲音來。

「我們這麼苦心提醒妳。笑？笑？妳到底有沒有聽入心？」專門固定賣海鮮給太和的清波伯，算帳時都得和秀琴交易，老人家很疼秀琴，每次算好帳後，都會多給一兩隻龍蝦或其他珍貴的魚貝類，說是特別送給秀琴。他這次特別痛心地說：「昨天早上，十輪的兵仔卡車，在南方澳漁港買魚，離開時車子壓死人，開車的兵仔，連下車出來看一下都沒有，猛按喇叭趕走聚過來的群眾就走了。後頭的人怎麼喊都不理，還有人叫著，說魚貨還沒給錢的。」

另外還有人，偷偷地來密告秀琴和家人，說李營長一來宜蘭接收不久，在七里香酒家就看上裡面的查某清香，臨時租間個房子讓他們只做過夜。羅東那裡的人都知道。碧霞說她也聽說了。

這些軍紀敗壞的例子，好像無法讓秀琴把它拿來跟李營長連接成一個印象。有點奇怪的是，好像越來越多人提醒她要注意李營長時，本來只是不怎麼討厭的事，卻越來越讓秀琴產生好感。有一天太和有空擋時，秀琴竟然約李營長，載她到飛機場看看廖董他們在拆飛機的情形。這件事嚇壞了父母親，等秀琴回來後，許老闆盛怒的把手舉得高高的，想一巴掌摑下去打秀琴，但巴掌揮到自己的面前時，變成拳頭往牆壁重重搥下去。他氣呼呼地，有一句沒一句地說：「我、我、我來，來去死死掉，死掉好了！」

「那麼多人中意妳，妳不去愛，去愛一隻豬仔，甘願去做豬公架。」連母親也說起粗話來了。那所謂的豬公架，即是七月普渡或神明聖誕，殺頭豬祭拜時，弄一隻四平八穩的木頭角架，把殺好剖開的整隻豬披放在木架上。這一次秀琴是很難過地哭了，她那種莫名其妙的笑，是事後她去洗臉，看著鏡子的時候才笑了出來。

事隔一天的深夜，李營長的部隊悄悄地撤走了。據說這一段日子，跟部隊的士兵陸續紛紛起衝突的八個被拘禁在營裡的年輕人，還有一個整年赤裸著身體，用一件破草蓆圍著下半身，用一隻手抓在腰間，另一隻手在垃圾桶翻東西吃的，那一位大家叫他泰山的，也一併被部隊帶走了。

小鎮上人人慶幸，老一點拜佛的信眾，口中阿彌陀佛整日唸唸不停。尤其太和他們一家，特別為這件事，很隆重備辦三牲酒禮，祭拜家裡的神明公媽神祉牌。然而不敢把這些供拜的牲禮，轉為太和的料理材料，統統拿來辦六桌宴席，邀請親朋好友分享。什麼理由？嘴巴說：「那些兵仔走了，我們怎麼不用來喝幾杯？來來，大家來，不要客氣！」其實誰都知道，李營長走了，除了秀琴心裡難免有些微惆悵，許家心頭上的那一塊壓得喘不過氣來的大石頭，終於落地了。

九、燙手燙嘴

臺北五堵鐵工廠，很快的就用飛機外殼的鋁合金，研發鋁鑄的餐用器皿，有大小碗盤、杯碟和湯匙碗筷。這在當時有很多器物，例如修傘補鞋，補鍋和碗盤的時代，勤勞節儉是窮苦人的精神習慣。所以廠商想當然耳，認為這種用飛機鋁鋼鑄成的器皿，這是絕對摔不破的，必定擁有市場。可惜看起來一點都比不上陶瓷乾淨雅觀。但是最嚴重的缺點就是，盛熱湯和熱炒的好菜，熱飯熱粥等等，它燙得叫人連手和口唇都觸碰不得。太和料理店是臺灣第一家使用，還借由它來做廣告，因為材料不多，只能批給北部幾家較有名的餐館。可是，只這幾家試了一天，端菜上桌時，手禁不住燒燙，鬆了手打翻了菜，吃皮蛋瘦肉粥的湯匙燙了手的，還有種種的不便，口一傳，隔天報紙和廣播，都報導了這一套咬人的鋁鑄餐用器皿；報紙連圖片都上版。這件事叫那些騎著腳踏車，到處去叫賣修理陶瓷器皿的修理匠，大大地放了心，持續做他們的工作。廖家鐵工廠，很快的回收他們的成品，尚可當著其他合金用品的材料。他們能把七十二架的戰鬥機，當做破銅爛鐵收購，在其他方面是大大的賺了一筆錢，同時跟太和許家變成親友。這一份友情是包括五十出頭有家室的廖董，暗中喜歡秀琴也有關係。他常送一些禮物給秀琴，例如當時基隆最多的舶來品店，也叫做委託行，所賣的洋貨。五堵離基隆很近，廖董常去物色要送給秀琴的香水、手錶、項鏈和其他叫做過鹹水隔海舶來品的東西，另外他也會同時給秀琴的父母親，有時也想到兩位老人家，買外國香菸、打火機和巧克力之類的東西，討取許家的歡喜。

李營長的離開，並沒給秀琴帶來太大的打擊。因為平時的工作忙，來提親的人多，連兩年前因騎機車回頭看她，撞了電線桿陳杏園醫生的兒子哲雄，他們也託媒人來提親。

「請你好好地告訴陳醫生，秀琴如果能嫁給哲雄，這我們想都不敢想。陳醫生他們有這樣的意思，我們非常歡喜。不過你也知道，我的生意自己人欠腳欠手，現在沒有秀琴也不行。再等兩年，我們的秀琴二十二歲，哲雄二十七歲時，我們再來談。意思是這樣，請媒人婆你，替我客氣的向陳家好好說明。」許甘蔗和太太碧霞，很誠懇地向媒婆說。

「好好，我會好好跟陳醫生他們講。」說完要離開時，碧霞帶著某種歉意說：「近午了，我叫廚房炒一盤麵煮一碗湯，妳留下來吃完午餐再走。」

媒婆很高興的留下來受招待，她想利用這段時間，多提供想要她說親的其他人。可是許太太或老闆都沒有多一點的時間跟她多講講話。當她快吃完，碧霞端來一小盤水果鳳梨。「這一顆旺來真甜，妳吃吃看。」

「哇！旺來了，好彩頭。」媒婆笑咪咪地吃著鳳梨。

十、生毛帶角的一群

當天晚上，鄭導演事先沒通知，突然來到太和料理店，上次和他一起來的人，還有拍片的器材都不見。他帶了製作人；在北投業界人稱他雷公蔡的，和其他三個隨在他身邊的年輕人，還有一個看來很油滑的中年人，經他們自我介紹，他是業務副總吳有友。後來在交談中，較為細節的說明，或是談判，都由他帶著嘻笑發言。反而上次帶頭的鄭文斌導演，除了淡淡地和許老闆打個招呼，他只是隨雷公蔡的聲色說是是應和，完全變成兩個人的樣子。有關上次的飯錢一字不提，他們五、六個人，不是抽菸就是咬檳榔。這證明賴歪嘴前些天所言，今天臺灣搞電影的是黑白兩道摻半；他們往往因拍製影片的過程，引起搶人、搶明星，搶富宅的內外景的用地，以及資金的來源等等，嚴重傷害對方的人員和攝影器材，剽竊故事等等，而常引起武力衝突。這樣的印象，讓許老闆看到今天來的人馬，覺得他們確實是生毛帶角的一群。

哪知道叫雷公蔡的人，還沒喝完一杯茶的時間，他東張西望地問吳副總有友：

「你不是說撒不老（是日語三郎的諧音）要來嗎？我們臺北外地來得反而比在地的來得早！」才說完。

「你看！說人人到，說……。還好沒有說你壞話。」他站起來跟三郎握手之後馬上介紹給他們老大：「老大的，他就是兩刀流的三郎。」

說他三郎是兩刀流，倒是有些根據；日據時代他是練過日本刀的好手。日本回去了，他卻留了兩把刀，一長一短。地方上有些幫派要喬事情的時候，他常站在南門大的一邊出面。對方來軟的就軟，來硬的就來硬。幾件殺人的刑事案件，只要不致命，遇到三郎大概到了警局都會化為無事。因為當時有幾個黑道的朋友，如鴨賞、紅面的和鷄冠等人，他們都變成刑警，他們都是三郎的兄弟。本來機場的飛機買賣，三郎和南門大的，早就想插一腳。結果是在三位刑警兄弟勸說，說軍方的事情不好惹才放棄。

當雷公蔡看到三郎那一霎那，原來腦子裡的想像都被推翻，他向前一步用力握著對方的手搖了幾下才放手，接著再跟隨三郎來的少年握握手表示親熱。許老闆把套房的活屏風拉開放大空間，才容納了他們，可是時間是下午兩點多，他們並沒表示要用餐，店裡準備了茶水和水果，許老闆和太太也坐下來。當時他們覺得太突然，內心的驚慌都寫在臉上。那位叫吳有友的副總，看出主人的不安，他笑著說：

「我們先向許頭家和頭家娘恭喜。你家的千金公主，我們已經決定要讓她當大明星，演女主角了……」秀琴的母親急著叫了起來，「等一下，這件事我們不知頭也不知尾，怎麼已經做了決定了？」

「是這樣的，事情有點急，因為上上禮拜，鄭文斌導演已經答應貴千金來演我們的一部電影，當我們的女主角，我們在背後都詳細討論過了。今天是公司這邊和你們地方人士和你們，想要來做更進一步的確認。」

老闆娘望著鄭導演：「有嗎？那一天晚上就要打烊了，為了給你們方便吃一頓粗飽，哪有談到我們秀琴的事？」

「我看妳高興到忘了吧？」

「有了，有說是有說，那是你說著玩，我們也聽著好玩，根本就沒有好好談過。」許老闆補充了一下。

「是這樣的，這件事我們在後頭都照江湖上的規矩，有友兄已經和三郎的大頭南門大的，我們來羅東，南門大的也去臺北北投，這你們都不知道。我們談了幾次了，雙方都沒問題，我們都會照規矩來。在這裡老實跟你講，當你的千金小姐被電影界看上了，我們的一邊就要在背後偷偷照顧。不然別的電影公司，會想盡辦法破壞，或整個工作占為他們己有。我們和南門大的三郎他們，早就在保護秀琴了。今天就當著你們什麼都還不知道，我們好好的從頭講起也沒關係啊。」吳副總很有耐心的說。

雷公蔡說話了：「我不是找不到女主角，在臺北想要當女主角的滿滿是，也有倒貼的，那都得看我們願意不願意。今天你女兒讓我們看上了，這是你們的福氣。講實話，到現在我都還沒見過她，但是我相信他們說的。」

「大的，等一下你看了也會合意的，跟我們臺北那裡看的很不一樣。」鄭導演極力誇獎。

那時候影藝界有許多幫派，有不少事情跟當事人尚未談妥即被綁架的，太和的秀琴這一椿事，算是最典型的一樁。說可怕嘛？也怪可怕。如果順利的話，大家嘴笑目笑。許甘蔗夫妻這時候滿腦子，只想到前晚聽到賴辯士賴歪嘴說的話，心裡充滿了不曾有過的恐懼。

吳副總趕緊再安慰他們說：「算你們福氣了。今天的臺灣拍臺語片的電影最賺錢，你們有個女兒美得像仙女，是財神爺報給我們知道的。要不是，找我們蔡董的人多的是，他哪有時間跑到這裡來。」

說著說著秀琴回來了，大家的話也一時停下來，但因秀琴的外貌和藹秀氣，讓大家的眼睛一亮注視秀琴。好在一兩年來，秀琴人也看多了，只是在這通常的時間，把套房的屏風推開，擴大了一些空間，見了幾個完全陌生的人，而使秀琴有點僵了一下。

媽媽趕緊不怎熟習地，有的是自我補充介紹，對這些人媽媽致歉說：「大部分都是剛剛才認識的朋友，他們都是從臺北來看妳的。」

「許小姐，我們蔡董不是來看妳，是特地來邀請妳來當我們新電影的女主角大明星的。」

「我又沒演過戲，怎麼去當明星？」她高興又有一點點難堪，雙手摀住嘴向大家親切地笑。媽媽站起來把位子留給她，說：「我來，」說完轉出屏風外，搬了一只矮了一點的椅子進來，媽媽直覺地怕秀琴矮了下來，她很自然地跟秀琴換了位子；這一坐下來，只讓別人看到肩膀和頭臉而已。有人意識到碧霞媽媽的細心讚美著說：「頭家娘不簡單，妳和妳女兒換了椅子，高低差好多；女主角就是女主角，……」有人插嘴說：「這就可以看到一個人的神經線的大小條。」

在大家的笑聲中，加上秀琴看起來還是那麼單純而略帶害羞的笑容，使整個套房都活絡起來。至少那個雷公蔡蔡董的棺材臉和對方三郎那繃緊的臉都放鬆了。

再不多時，在地角頭南門大的，約略獲悉會談有利於自己這邊的情形之後，他也出現了。

他一踏進太和，尚沒見到客人，他就大聲笑著說：「真失禮，真歹勢。萬里紅酒家有外地來的客人，為小姐走番起糾紛，兩攤客人竟然露出傢伙想要對幹。萬里紅的火車母，趕緊叫人找我去喬。」

三郎緊張的問：「結果喬好勢了？」

「我叫火車母提兩瓶紅露酒，叫大家把杯子盛滿，我說我是羅東的南門大，相信咱們走這途的人多少都聽過我。來，咱們多少算是有單薄緣分。我算沒大你們歲，也大你們輩，看我南門大的面子，我南門大向大家敬一杯。大家乾了！」南門大得意的說：「每一個都乖乖喝乾，學我把空杯子懸空翻倒過來。」這也是南門大，乘機會展現他的能耐。

吳副總端起杯子說，「那些小混混算眼睛睜亮了。來，我們也向南門大的敬一杯。」他把一只空杯捧給南門大，其他未喝淨的杯子，他一一酙滿，並要大家敬酒，並一一介紹他們自己的一夥。

雖然地方上的小姐，要到外地臺北北投去拍電影，都得經過至少是這三方面的同意；其實女主角這邊有太多的意見或是疑問時，這都會感受到某種程度的威脅。

吳副總看得出許家的困惑，他想變換另一種說法，來說服他們。他說：

「老實跟你們講了。我們還沒來之前，你們一定聽了不少我們拍臺語片的一些話吧。對我們不利的許多傳言；說什麼我們是黑道流氓了。老實講，人家這麼說，我們也沒辦法將他的嘴縫起來。不過電影界，尤其是拍臺語片的電影，確實有不少黑道的幫派介入，互相搶人挖角，錢銀不清等等。咱們蔡董才不管；要黑大家來黑，但是一樣是黑道，咱們是有情有義做夥做事情的，看對方是要來硬的，咱們就來硬的，當然人家來軟的，咱們就來更軟的。所以過去，沒有人敢在咱們頭上撒尿，連吐一口痰，放個屁都不敢。」他看看老大：「你說我這麼說對不對？」

蔡老大笑著說：「你說那麼多幹什麼。許老闆又不是沒見過世面的人，讓他們去想。我們是遠了一點，羅東南門大這邊就會來處理了。」他看看南門大。

「那當然！咱們不會呷便領清。」

為了緩和氣氛，蔡董他們換了話題，大家一聊，聊到吃晚餐，連著一邊喝酒，一邊談起他們過去，多多少少都在說，他們的背景和可誇耀的事。並且，這些事件都經過報紙和電臺播報過的豐功偉業；例如三郎曾用日本軍刀，敵對背叛南門大的二號人物石獅。他們所帶領的二、三十位部下，結果受傷的受傷，最後帶頭的叛徒石獅的右手掌，被二刀流的三郎砍斷。當然治安人員警察刑警都搜人調查。他們審問三郎時，還搗著嘴，笑著說：「你還算有斟酌。不錯，沒殺死他我們就好辦了。」後來算是和解了。不過從此石獅就缺了右手掌。

雷公蔡這邊，也說了一件曾帶了自己的人馬，去把北投一家收買一批生毛帶角的垃圾，來照顧那一家溫泉酒家。有一天他們惹到咱們，結果咱們寸草不留地，把他們一個一個打趴在地，最後他們請局長出來和解等等。細膩一點的地方，還說某某人怎麼怎麼地一些可笑的事。

太和許家完全相信他們所說的，其實那也是他們有意無意的展威嚇唬許家。整個晚上算是談得融洽，但是心裡多少都各懷鬼胎。然而加上許家的苦惱，三方面有三方面的想法。

秀琴自己覺得漂亮，不當明星可惜。另外她也成熟了，女孩子也有慾望偷偷想男孩子的心。這不算愛，好像跟內分泌有點關係。這次她看到三郎的冷酷帥氣，很有男子漢的氣概模樣，自然對他就有好感，像那一次見了李營長一樣。要不是部隊臨時撤離，很有可能反對家裡去搭上李營長也說不定。三郎在羅東南門的角頭，地位沒南門大的高，但很多南門大的事，都由他出面處理。在羅東他一吆喝，水也會結凍，算是很吃得開。在談話中，三郎的心好像被秀琴的眼睛觸到電似的，當秀琴表示到北投那麼遠的地方去拍電影，又沒家人相伴，她不習慣，也會害怕。他很嚴肅地安慰秀琴說：

「許小姐，要是這一點你免驚，我三郎讓你靠，一根頭毛都沒人敢碰。」他說得很認真，反而引起雷公蔡他們都笑起來。吳副總說，「愛說笑，哪有那麼嚴重。」一群嘻嘻哈哈的笑臉中，三郎的臉還是沒放鬆下來。

話在雷公蔡的結論說：「大家回去想一下，時間很趕，我們後禮拜再來一趟就做決定吧！拍電影成本很高，一開鏡，一天花費的就要上萬以上。我們預定三個禮拜就完成；最多絕不能超過一個月。」這一晚，以蔡董自己來說，算是講了最長的一段話了。

奇怪的是這次所謂的鄭導演，他幾乎都沒說話。整件事情對許家來說，這來得快似閃電的一件大事，並且連讓他們好好講話的餘地都沒有。這到底是禍？是福？許甘蔗和碧霞，各抱著發燙的頭愣了許久。

十一、揑怕死，放怕飛

長得對一般人有吸引力的小姐，對拍電影當明星一事，在虛榮心裡面，也占有很大的誘惑，秀琴也不例外。首先她想不出家人有什理由反對；其實前幾天，他們也替我高興過。她想如果家人，說妳一離開家，我們的店怎麼辦？這問題好回答。說以前我念書的時候，我們都可以克服，現在有沒有我，必要的話可以請小阿姨來幫忙啊。我當了明星可以賺很多錢，看你要請幾個人來幫忙都不成問題。她僅憑幻想，以為成名之後，可以掙到很多錢。結婚的對象，可以任她挑選。可是父母親包括阿公阿嬤，他們還是有許多說不清反對的理由。最後父親許甘蔗反問：

「結果要是被騙了？」

「揑，怕死，放，怕飛，事情總是要做個決定。秀琴去拍電影，這對我們有什麼損失？最差的話，再回到店裡幫忙，有什麼好顧慮的？」母親又反過來贊成秀琴去拍電影。

「拍電影又不是在我們家，在我們羅東拍，並且拍電影又不是一兩天的事。秀琴去北投我們有誰可以去陪伴伊？」當碧霞和秀琴無言以對，許甘蔗又說，「要不然我們把店關了！」

母女二人一想起來，要是這樣的話，他們的堅持是多麼罪過。把太和關了？心裡陷入矛盾，話也談不下去。

時間逼得很緊，才隔兩天。

店就要打烊，南門大的帶三郎和一個林代書來了。這雖然令許老闆感到厭煩，卻不能不理。他和太太碧霞陪客人，圍坐在屏風後的圓桌，許家準備聽他們此後合作的契約報告。秀琴故意叫佣人讓她端上茶水，希望順其自然參與會談；她很迫切想知道她的事情怎麼發展。三郎開口請秀琴也坐下來。許老闆即刻就說：

「啊！秀琴要結算今天的帳。」他使了眼色，秀琴笑了一下，轉身咬著下唇走開。

「沒關係，我們談的，我們都會讓她知道。」接著佣人端出幾盤點心來。「來來來，大家用茶，吃一點點心。」

大家禮貌上舉杯喝茶，但茶太燙了。南門大的笑起來叫了一下，大家也都笑起來。不過大家還是舉杯碰唇，也有人用嘴吹著茶。許太太急著笑著賠不是：「對不起，對不起！真正歹勢。」開場這樣的暖身，氣氛還不錯。

「今天就讓我占高先講幾句。」南門大很客氣地說：「是這樣的，今天的事，我南門的會插一腳，並不是我們去爭取的。這是咱們全臺灣自古以來的角頭黑道的規矩；像這次臺北北投的角頭，踏入咱們羅東，就要跟咱們角頭打個招呼。反過來講，咱們羅東的角頭，踏入他們的地頭，同款，咱們也得尊重他們，去向他們拜個碼頭。這是最起碼應該做的規矩，然後再看，需要合作的各種事項。有關貴千金要去拍電影的事，可以說是比較複雜，因為關係到金錢利益以及人事等等，這方面的細節，咱粗腳粗手的人，怕說不清楚，咱們和雷公蔡他們，特地請林代書來向你們說個明白。」南門大面向林代書，在坐的人也同時看一眼林代書。

林代書不慌不忙，笑了笑，喝了一口茶，把許家聽起來就像一條粗大的繩索的合約，一段一段地拉出來綑綁許家；只差尚沒將它縮緊。他說拍電影不是小生意，需要花很多很多的資金，能夠拍成功，票房就如潮水湧進，像是挖到金礦，大家發大財。你們許家和咱們羅東，出一個大明星，這又是何等的光彩。他談的都是正面，許家心裡擔憂的是那背後隱約的負面。

接著說下來的是具體的項目和條款：電影三個禮拜就得殺青，最長不得超過一個月。責任追究，看是電影公司或是演員主角明星等等。此次的合作，主要的有北萊烏電影公司和太和料理店許甘蔗。咱們羅東南門大的，擁有利潤百分之五的保護費。最後拍這部《午夜槍聲》，需要的資金，以一般拍一部電影來說，需要一百五十萬左右。說到這裡，許家的臉都驚訝而僵住，再談到這樣的資金，一半要由許家入股時。

「等一下！」碧霞跳起來，「喲！哪有這款的事？我們最多，只是讓秀琴去當你們的演員，怎麼會變成我們也得投資？」碧霞的彈跳和語言口氣的飆高，同時手腳誇大的比劃，時間雖短，把在座的人，連南門大的也被震撼。

「慢慢講，慢慢講，……」南門大勉強笑著安撫。

「我們又沒田沒地可賣！要去那裡搶七、八十萬？七、八十萬，可以在臺北買到好幾間厝了也！」碧霞就有一股能耐，叫人不能不讓她把話說完；其實是把氣宣洩出來。

林代書說，由於拍片工作時間的緊迫，許家如果一時籌不出資金，可以以房子抵押，向銀行貸款。不然就去地下錢莊貸款，利息八趴；本來是十二趴。這是靠南門大的關係才有這麼便宜。

林代書話還沒完，許老闆和碧霞就爭著講話。

「你！換我講！」許老闆一路聽林代書說的話，心已急得將蹦出來。他搶到話頭要開口，太太又來搶話，逼得他大聲叫：「咱們查埔人在講話，你們查某人跟人插什麼嘴！」

「慢慢講，慢慢講……」南門大笑臉勸和。

許太太氣得站起來想走開，頓了一下，氣憤地又坐了下來。

事情如果就像代書那麼講，許甘蔗站在任何角度來想，這實在太不合理。他雖壓住太太閉嘴，該由他充分說說他的疑問和道理時，他的嘴巴卻僵了，只能說：「太沒道理了，太，太沒……」

「慢慢講，慢慢講。來，喝喝茶。」南門大的舉茶杯表示敬意。許太太碧霞看到發窘的丈夫。她把被對方霸凌合約的情緒，抑制到侷限的氣恨，她站起來，只用簡單的一句話：

「我們秀琴不去拍電影，總算可以吧！」

當大家一時無語之間，秀琴閃進來了。其實方才裡面所講的話，她在櫃臺那裡，一字不漏地全都聽進去了。她也覺得無理又可怕，她想再怎想當明星也無法接受。她說：「這件事是因為我來的，大家不能不聽我的想法就做了決定。老實說，假如我的父母親答應了，我秀琴也堅決反對。」秀琴紅著眼眶又說：「請不要逼我！」淚眼盈眶，她一轉身就離開到外頭，用手帕摀住那莫名其妙翻轉過來的笑臉。

「我看我把時間耗在這裡反而不成事。」南門大的站了起來：「大前天，我和雷公蔡，對了，三郎也在這裡。我們並沒聽到你們的反對，只聽到以退為進的客氣話，這就是等於贊成嘛。人家頭已經洗了，沒剩怎麼可以。說白一點，是你們惹來的。你們惹到妖魔鬼怪，那請道士來搖搖鈴，吹吹法螺，多燒一點更衣銀紙，即可避邪。惹到黑道，看你們是要去法院？或是醫院？林代書，你留在這裡，好好再跟許頭家說說。我還有事。三郎，我們走！」他們說了就離開。

看南門大的他們走了，秀琴就進來靠著母親坐下來。

林代書說：「這樣我們好講話。剛才南門大的，他已經講得很白了；是你們惹來的。」

「人在做，天在看了！……」許甘蔗又被話哽住了。

「林代書先生。今天如果將我們的事，換成你的話，你要怎麼說？」碧霞這麼一反問，林代書也愣了一下。許老闆和秀琴，在心裡都覺得問得對。

林代書說：「要是我啊，」他故意躊躇停頓，再改為笑臉。「我啊，我會冷靜好好想一想。世間任何事情，至少也有好壞兩面。你們為什麼會那麼急躁？因為你們把事情都往壞處去想。如果反過來往好處去想；簡單地說，秀琴電影順利拍完，票房滿座，那時候你們錢也有，名聲也透京城。……」

碧霞他們的心是略微放鬆，可是她仍然疑慮難解。她說：「林代書先生，你說得比唱還要好聽；說的比做的簡單多了。」

「是啊，說的比做的簡單。問題是你們做了沒有？」

「做？怎麼做？」碧霞問。

「配合啊。」

「配合？」

林代書神秘兮兮，把上身往前探，他低著頭，要其他人也把頭湊過來。他降低聲音說：「我老實跟你們說；你們惹到他們之後，受到迫害，向法院提告好了。現在臺灣是什麼時代？沒什麼法律；有了，叫做動員戡亂時期臨時條款，真正法院法官不知道要等多久，才能到憲政時期？你們有多少錢準備提告？大官小卒，大家穿中山裝，左右兩邊外露的乾坤袋，你把他們都塞滿，也不一定會打贏官司。再給你們提醒一下；現在是什麼時代？」林代書停了一下，沒等到他們發言。他又說：「黑道？你們在亮的地方，他們在暗。他們可以派一兩個小卒子，在你們不注意的時候，讓你們斷腳斷手，或是讓你們秀琴破相。這樣的事情常常發生，就說你們不看新聞，也不聽廣播電臺的放送，至少也聽人說過才對！一定要認清現在是亂世的時代。」代書一而再，再而三地強調，這是亂世的時代，不是談道理的時代。

碧霞看看左右的許老闆和秀琴，深深嘆口氣說：

「時啊、運啊、命啊！要怎麼講？……」

大家沉默不語。林代書看看壁鐘說：「哇！過了十二點了。你們最好要往好處去想，只有這樣你們才吃得下，睡得著。已經翻鐘了。還有兩三天可以好好想想。」他站起來準備告辭。

「真歹勢，我煩惱到沒弄點心給林先生治妖。」

「我可以了解你們的心情。往好的一面去想；盡量配合他們。希望事事順利完成。」林代書說完就走了。

許家三個留在原地，好像無話可說了。

「真晚了，大家頭殼想到快被逼破。今天就到這，大家統統去休息。」許甘蔗說了就進去。秀琴想跟母親聊，但母親也累趴了。她告訴秀琴說：「妳不笨，好好配合他們。細節我們明天再詳細談談。」秀琴聽母親的話，回到自己的房間，懶懶躺下，腦筋忙著胡思亂想；有想到哭，也有想到笑的。想到問題成為巨大的壓力時，她把雙手的中指，翻過食指的指背勾搭著，然後放在胸口，像唸咒似的喃喃唸著：「配合，配合，配合……」。過了有那麼一陣子，她不知不覺地睡著了，而那勾搭一起的手指頭也鬆懈了。

十二、抽籤卜卦

許甘蔗他們的處境，只好聽林代書的意見；希望往好的一面去想，盡量跟對方配合。有關房子向地下錢莊貸款也底定了，可能會有變化的是秀琴本人。家人和親戚朋友，知道他們的遭遇，陷入令人極度不安的背景之後，大家一致規勸不想當明星的秀琴，要她好好配合電影公司他們。

為了許家工作的調度，和心理上的準備，北萊烏雷公蔡，特別准許他們晚五天報到。當晚雷公蔡，就在他們包下來拍片的鴛鴦池溫泉酒店，邀請了些有頭有臉的金主，和有關治安單位的局、處長，以及蕭俊宏導演，製作人和三、四位配角演員的小姐，坐在串連兩間和式榻榻米的房間，接了兩張短腳的長桌，開起迎新的宴會。

吳副總一一介紹了大家，除了許家三人，他們都像是很熟。這一晚，被供上貴賓，當然是許家，特別是許秀琴。她因為在太和料理店掌櫃，人也見多了，對這種場合的陌生人，見怪也不怪。第一次看到秀琴的來賓，對秀琴表示驚豔萬分。

蕭導問秀琴有沒有藝名？沒有。今晚大家就來幫幫忙，為秀琴想一個響叮噹的藝名。這麼一說，好像啟動了一項遊戲節目，大家樂得成了小小騷動。沒一下子，前前後後，這裡叫，那裡叫；有說叫金星，有叫翔鳳、鶯鶯、水仙、……等等。沒有一個贏得全數的贊同。但水仙卻引起一陣子的爭辯，最後有人拿筆畫來否定；他說九畫不吉，特別用在女人身上，更需要多多考慮。水仙二字，用臺語，用北京話唸起來都很順耳。如果叫水仙是好名字的話，為何至今還沒有人用？

許太太從開始就一直在注意時間。她看到這一攤嬉鬧的餐會，一定會拖棚。她看了一下手錶，有點焦急地說起話來，但嬉鬧成一團的氛圍淹沒了她的聲音。好在坐在身旁的雷公蔡，拿起火鍋蓋，用筷子敲了幾下說：「大家安靜。老闆娘有話要說。」話一出，截然沉靜，大家都轉頭過來。害碧霞也受到驚嚇了一下，她客氣地向大家指著她的手錶說：

「非常歹勢，我和許甘蔗要趕臺北的尾班車回羅東，我們要先離開。秀琴留在這裡，拜託大家好好照顧。」

「秀琴的事你們不必要煩惱。請你們倆順行。」雷公蔡話一說完，掌聲笑聲，還有紛紛碎語，給許家祝福送行。

秀琴隨後追上父母親，抓住母親的胳臂，低頭垂淚無語。

「到這種地步來，就照代書說的話盡量配合。只有這一途了。」

「聽到了？就聽妳母親說的。」許甘蔗是一個有心無嘴的人。

三位小姐裡面，有兩位跑過來，安慰難過的秀琴：「妳父母親要趕火車，不要耽誤他們的時間。」

「秀琴，妳知道了喔。快跟她們回去。小姐，秀琴就拜託你們啦！」

兩位小姐分開牽著秀琴的手往回走，她一邊掉淚，一邊嘴角往上蹺得彎彎。

趕上火車，許家夫妻二人，腦筋忙亂到沒能好好講話；兩人還深怕互相鬥起嘴來。好在上了火車，車廂裡擠滿了羅東人；大部分都是上臺北來補貨的店家，大家都十分面熟，照面時打打招呼後，每個人都顯得疲倦。

許家二人，算是運氣不錯，各別都找到位子坐。然後碧霞跑來丈夫那裡，跟旁邊的人換了位子，兩人才能坐在一塊。碧霞並不黏人，可是混亂的心情，有許甘蔗在身邊，也就安心得多了。另一方面，她也知道，身旁都是熟人，兩人對嘴時，也會控制火氣。

臺北到羅東足足也要四個小時，再怎麼忍俊不語，還是會說幾句話。上了車到了八堵，碧霞開口了。原來有點互相賭氣的情形，死愛面子的許甘蔗，一等到太太開口時，他才鬆了一口氣。

「不要再去想了，越想只有越煩惱。」已憋不住的碧霞說：「你肚子餓不餓？剛才在八堵車站有叫賣便當和鴨蛋的，現在車又走了。」

「想到妳女兒時，肚子就飽了！」

「就是說嘛。」

「妳說不要去想。要不要去想，這是我們自己可左右的嗎？」許甘蔗埋怨地說：「如果可以左右的話，我也不去想啊。」他裝著無事，看看身邊的人。他看到不管有位子坐的，或是站著的人，大部分都在閉目養神。

「沒有啦，沒有人在注意我們講話。我們小聲一點就好。」

「能睡就睡了，還等到現在。」碧霞以為逮到機會，她說：「秀琴的事現在我們不談，家裡兩老的問題呢？」許甘蔗一聽，雙眼緊閉，牙關均勻一咬一咬，靠近兩邊太陽穴的肌肉，一鬆一緊地以慢節奏起伏。碧霞不是不知道，丈夫最不喜歡提這件事。他沒開口，她也像聽到他生氣地，說這壺不提，提那壺。「我知道你不想提，但是你躲得掉嗎？」

兩老住在太和吃住不成問題，也不缺零用錢，一踏出門就是大街，大小商店成排，上了街招呼連連，是十分愜意不過。唯一在太和始終嘮叨不停的就是，在他們有生之年，要看到秀琴招贅，要不然嫁出之後，只要頭一胎生男的就得姓許，這叫做抽豬母稅，唯有如此許家的香火才不會斷等等。其實許甘蔗還有差他兩歲的弟弟許慶孝，他也沒生男孩，生了四個女的。但怪就怪在有兩個早婚的女兒，她們都生了女孩。反正沒能生兒子的，老人都怪在媳婦身上。

有一陣子婆婆勤跑廟宇，拜佛問神，問到座居偏廂的註生娘媽，抽到的籤詩說：

男男女女均骨肉
生男生女天注定

繁衍後裔人該做
前前後後傳香火

此籤廟祝強調傳後代，傳香火，是天律。他聽信碧霞的婆婆，埋怨許家媳婦不爭氣時，提出幾個辦法；一，媳婦需要齋戒，初一十五，奉茶獻果拜土地。一年後生不出男孩，兒子該納小姨。再不生男，可認養義子。……

在家裡不管碧霞有多忙，只要婆婆心血來潮，緊跟媳婦前走後跟，糾纏嘮叨說個沒完沒了：「碧霞，妳沒一項別人不讚美，唯有一項，生不出男孩。」要不然就是說：「妳要是不肯讓許甘蔗娶小姨，妳就讓他去外頭，跟人家生一個再領回來自己養。……」有時生氣地叫罵：「香火！香火！許家的香火，妳有沒有放在妳的心肝頭？像妳這款的媳婦，哼！……」老爺通常也在旁敲邊鼓。

碧霞所受的壓力，許甘蔗感同身受。他安慰太太說：「這種話又不是現在才唸。已經唸唸，唸幾年了，妳已聽到耳朵都長繭了。唉！……」

關於這件事，在家在店裡，幾乎都找不到充分的時間，兩人好好談一談。今晚在火車裡，離羅東還有三個小時，碧霞除了在丈夫面前吐苦水之外，希望能討論出什麼完美的辦法來。

「今晚回到羅東已經到十一點半了，不要去小叔那裡把老人帶回來吧。」

「是啊，這麼晚了。」談到老人，他意外的平靜。碧霞想，她終於可以把她長期以來的想法，好好跟甘蔗談談。

碧霞認為小叔也應該，把老人家接過去孝敬孝敬。小叔的家境沒有許甘蔗好，也壞不到那裡去。要是有必要，每個月也可以補貼一點錢給他。平時叫廚房燉些肉，或是晚餐過後，小叔他們也可以過來把菜尾打包回去。她一連串的想法，許甘蔗都沒異議。他只擔心小嬸。他說：「妳又不是不知道，那個查某人多麼會計較。阿慶小叔跟我們親不來，都是因為伊的關係。」

「老人家在這裡，指著我怪東怪西，嫌來嫌去。」

「老人家住在那裡，面對四個孫女，妳說妳的小嬸不抓狂才怪。」他只這麼說，碧霞就覺得很溫暖。她更貼近他說：

「這樣要怎麼辦？老人家不想在那裡多住幾天，一定會吵著要回來。」

「回來就回來，還有什麼辦法？誰叫我是他們的大兒子。」

碧霞聽了之後，知道話已經到了盡頭了，她按捺自己，有關老人家的問題，暫時到此不談。

夜晚的空氣帶著檜木的香味，充滿車廂，睡著了的羅東人，一個一個聞到香味醒過來。他們從貨架上小心地，把東西拿下來做些準備。因為火車就快到羅東了。

北投鴛鴦池溫泉酒店，北萊烏的迎新酒攤，幾個貴賓差不多都走了。于局長和一個大財主徐員外，跟著人走了之後，又悄悄的溜進來，見了大家笑笑地坐了下來。蕭導演看席次顯得零落，他鼓了兩聲掌，服務人員就進來。蕭導要他們拆掉一張桌子，留一張讓大家湊近，但席次一男一女，由蕭導指名插座。秀琴是坐在徐員外和蕭導之間。其他三位配角的女演員，也一樣插座在左右男士的身邊。這時候父親和女兒成對的那卡西，父親從外頭就演奏手風琴進來了。他們每個人什麼都放開似的，隨著日本歌曲〈青色山脈〉的節拍拍手，跟著旋律擺動身體。接著十二、三歲的女孩，唱起臺語歌〈黃昏嶺〉。音樂的進場，在座的人的肢體解放了；投懷的，送抱的，攔腰的，披肩的，嘻嘻哈哈成為一團。但唯獨秀琴僵化在裡面，無法融入。當徐員外伸手攔她；她毫不猶豫地將他撥開，蕭導把頭偏過去，她隨即把臉移開。剛開始秀琴兩旁的男人，似乎可以體諒鄉下來的姑娘，同時感到整個樂融融氣氛，不便因她的不悅受到干擾。表面上跟其他人一樣顯得快樂。秀琴碰不得，另外一邊也是小姐，蕭導和徐員外，就向另一邊的小姐，毛手毛腳，那些配角的小姐，不但沒推阻，還嗲聲嗲氣，撒嬌口叫：不要不要！身體卻傾了過去。

在這樣的氛圍之下，酒不嫌多，到了某種程度，酒言酒語，什麼渾話狂語都出來了。秀琴想要抽身，才把手扶著桌子要站起來時，蕭導的左手很快地搭在秀琴的右肩，用力把她壓下來，生氣地叫起來：「不要逃！」經這麼一叫，大家都驚醒過來。

「我要去便所。」秀琴懼怕得含淚顫抖。

「不准！」像下令般的猛切。他接著說：「妳有尿就尿在我身上好了。」

這個愛三八笑的秀琴，一邊垂淚，一邊又無意識地笑起來。同桌的人，很自然的也都笑起來，笑得像看一齣笑劇的觀眾。生了氣的蕭導，趕緊搭上無意中冒出來的階梯，跟著大家笑著說：「要放尿就快點去。」

同桌的人，這裡一句，那裡一句，叫：放啊，放啊！就放到導演的身上啊！……

「好啊，就放到我的身軀啊。」他笑著躺下來，作態要秀琴把尿放到他的身上。助興的聲音，叫放啊，放啊，……。沒想到，蕭導把嘴巴張得大大的叫放。秀琴趁機閃了出去，她在外頭的洗手間，還可以聽到他們胡鬧的聲音。她並沒有尿上洗手間，這時候的她，只有躲進女士洗手間，才有一點安全感。但這種安全感，無法照應她，被迫踏入恐懼的境地。她站在蹲用的馬桶邊，抱頭努力勸服自己，想林代書的話：要往正面去想，好好去配合他們。她想：是啊，去配合他們。我知道啊。在拍戲的時候，我會配合的，可是喝酒唱歌，男女摟摟抱抱，這怎麼配合？怎麼配合？她越想越難過。世間怎麼會有這樣的事？她喃喃自問之後，笑起來了。她兩手的中指交搭食指放在胸前，喃喃唸咒：

「配合，配合……」。

秀琴完全忘了時間，最後有人到洗手來間敲敲門，敲到第三間最後的一道門時，秀琴被敲醒了。她回話，說有人。

「秀琴，妳一直都在這裡？」

「他們都走了。」另外一個小姐說。

秀琴擦掉眼淚，把門開了。她那哭腫的眼睛，無言地看了看那同桌的三位小姐；梅蘭，秀英和錦鳳。

「他們走了。」其中的一位，伸手輕輕地把秀琴牽出來。「來，我們回到我們的房間去。」

秀琴一聽是房間，她把人家好意牽她的手用力甩開，雙腳釘地不走。

「不是告訴妳他們都走了嗎？」被甩掉手的梅蘭笑著說：「我們是要回到我們的臥房；就是今天下午吳副總，帶我們去看的房間，說我們四個人睡覺的地方啊。」

「走吧。累了一天，我們快點回去休息。」另一位小姐說。

被甩掉手的梅蘭又伸手去牽秀琴；秀琴乖乖的跟大家回房間去了。

那家鴛鴦池的溫泉酒店，是日式的建築，房間全都是塌塌米鋪地，所謂的床鋪，是從紙版門背後的壁櫃，一一搬出被褥，棉被和枕頭，可以很機動性的鋪展開成床。

秀琴跟著進來之後，蹲在角落楞在那裡。大姊頭梅蘭抱出一疊棉被和被褥，問秀琴說：「妳想睡在中間，還是要靠邊？」秀琴沒回答。她看秀琴蹲坐的地方，「對了，就睡在妳現在坐的，靠牆壁的地方。說了就替秀琴鋪床；其他兩位也過來幫忙。秀琴被才認識不久的人，對她的關心觸醒了。她略微省思一下，那一再被叮嚀的話：要往好的一面去想。她終於開口了。她難過的有氣無力地向她們說：「真不好意思。」

「我們以前剛開始也是這樣。」秀英說。

「好了啦，趕快整理睡覺。導演不是說明天上午十點見嗎？」梅蘭看到她們累得沒勁，催促一下姊妹淘：「有話明天再說。」

當大家洗完手腳，往被窩裡一竄，沒一下子都睡了。唯獨秀琴，她也躺下來，卻不能入睡。最後自己勾搭雙手的指頭唸咒，一邊鼓勵自己要往好的一面去想，「配合，配合，……」。

十三、秀琴，艷紅二人

一寸光陰一寸金，千金難買寸光陰。當時的臺灣，以市場行銷的角度來看，不必與美國、日本和香港來比，它的成本確實比其他地方高得很高。一樣的一支片子，在小小的臺灣，人口不多，那還是貧窮的農業社會，有多少人可以消費。在這樣的條件之下，拍臺語片的人，自然就知道時間的可貴。所以每拍一部片子都得搶時間，搞得投資人，製作人到導演，沒有一個不緊張，特別是導演。

蕭導演不但不例外，加上有人批評他臭屁，逞強，愛現，死愛面子的個性；他一導起戲來，就像君臨天下，君無戲言的暴君，並且不接受任何辯解。他說：你們所有的工作，好壞都是我一個人在扛。你們知道這壓力有多大嗎？你們只知道我很兇。

他又搬出一大堆道理和一些實例，來鞏固他的地位。他例舉日本大導演黑澤明。他說黑澤明導那一齣《紅鬍子》，其中有一小段，就是被主角紅鬍子冒著生命，一人面對一二十個黑道，經過一場血淋淋的刀劍之戰後，救出一個小雛妓。她被收留在紅鬍子家裡。有一段再簡單不過的戲；就是小雛妓，張開雙手壓著一塊展平的抹布，在木頭地板，往前推進擦地。到了十多米的地方，遇到木板牆，她跪著抬起頭來的時候，一道小小的陽光，正好透過木板的一個小破洞，直照到小雛妓的小臉；特寫。

知道嗎？

就這麼小小的一段戲，拍了足足一個禮拜，連沖印都還沒沖印，黑澤明始終表示不滿意。那裡不滿意他又不說，使所有團隊的工作人員，抱著整個發燒的頭百思不解。看到大家的疑惑，黑澤明說了；他說我要《貝多芬第九交響曲》的那種感覺。

聽蕭導訓話的人，藉機鬆了一口氣，大家都笑起來了。

這有什麼好笑？黑澤明是不隨便開玩笑的。我們當導演的都該跟他學。拍《紅鬍子》的團隊，沒有一個人認為導演是跟他們開玩笑。回去之後，他們分別想辦法去聽《貝多芬第九交響曲》；當時他們有誰懂？但是他們雖然不懂也認真聽完了。

第二天上工之前，黑澤明問大家，聽了貝多芬的第九了沒有？每個人都認真地回答。

聽了！黑澤明聽了回答之後，立即開拍小雛妓擦地板的戲。因幾段分鏡的關係，那一小段的戲，拍了將近四個小時；只這麼一次，黑澤明導演就叫OK！

蕭導的工作團隊，全都笑了起來；當然秀琴也在裡面，她雖沒跟人笑開，心裡面對蕭導說的這一段故事，心裡有些莫名的感動。

其實，蕭導講起黑澤明的這一段故事，是前不久，有人替他介紹院校音樂系的教授，讓他們認識的時候，教授講給他聽的故事罷了。說蕭導是現學現賣也罷，他的轉述確實感動了他的團隊，無形中他的權威性又被提高了。

在拍臺語片的圈內，提起蕭導演蕭俊宏，人人都豎起大姆指讚美，說他是天才。就以他導演工作之外，劇本也是他一個人的構想為主。奇妙的是，他的劇本是用嘴巴講的。剛開始，他對疑惑他提不出劇本的人，說我們要拍的是臺語片，又不是北京話。你說咱們的臺灣話，很多是有話無字；就算有字的也跟北京話不一樣，有的話，我們也不一定會寫。是有人寫，也是各寫各的，除了他是寫給自己看，所以我就用講的比較快又方便。我們拍電影是一小段一小段拍的，不像舞臺劇。我們在拍攝之前對演員講一講，只要你會說臺灣話，意思搞懂了自然就會講會演。前面的三支片子，我都是這樣拍的，根本就不用字稿的劇本。

秀琴的藝名叫玉蓮；這是蕭導說，取名不是大家亂說一通，要是這樣還不簡單。取名字是要針對那個人，裡裡外外的認識和觀察，抓到他的特點，再去思考才行。秀琴她，你們看；她生著幼嫩秀氣，冷靜又漂亮。這就好比一朵白色的水蓮花敢不是？聚在蕭導面前的演員和工作人員，都看著秀琴點頭拍手，和輕鬆的笑聲。這樣的反應，秀琴的內心是感受到被讚美的喜悅，她也偷偷地笑了，連前天晚上由惡夢侵襲而造成的陰影也沖淡不少。其實在這段替秀琴命名，興起這樣的氛圍，蕭導才真正地享受到；取得好，取得妙，取得哇哇叫的敬佩。

接著蕭導開始敘說，正著手要拍的這一部戲，《午夜槍聲》的故事大綱。他說這一齣戲是描寫，幾位在政府機關和社會上，各不同領域的有權，有勢，又有錢的人。他們為了盤絲洞酒家的店花艷紅，爭風吃醋，明爭暗鬥的整個過程，就是咱們要拍的《午夜槍聲》的主線，主要的故事。

可是，所有的人都不解，而沒人敢將它當著問題提問。蕭導又拿它借題來顯現他的能耐。

怎麼沒有人問我，酒家的名字要叫做「盤絲洞」？

大家互相看看笑笑，一臉霧水。

凡是可以借題發揮，表現他的能力或學問時，蕭導不但不發脾氣，反而一臉笑容。他說你們就算不識字，至少也聽說過《西遊記》玄奘取經吧。他半途遇到蜘蛛精；有七隻蜘蛛精化成美女，各個美如天仙，妖嬌可人。那麼酒家的店名，叫做盤絲洞的意思就可以明白了罷。它不但讓外面的酒客明白，店裡的小姐更不能漏氣，各個都得打扮得妖嬌美麗，秀色可餐。

如果秀琴是一個旁觀者，對蕭導的言說，都可以分享。可是她就是要演盤絲洞酒家的店花艷紅。是啊！是要往好的一面去想，盡量配合。她再三提醒自己。然而她的身心僵化不解，特別是蕭導講話目觸到她時，她的人就受到微弱的電波觸及。

在未開鏡之前，先要拍幾張劇照印海報就搞了半天。最後蕭導不再要求她撒嬌作態，放其自然之後，還是費了一段時間，勉強過關。這時蕭導已經看出秀琴無法擔當艷紅的角色，可他卻沒有絕對的權力，決定取捨秀琴。尤其是這部《午夜槍聲》的資金，是後頭的老大雷公蔡去籌備的，他說才算話。蕭導也事先承諾，在最多一個月之內，片子就得殺青。這一兩天看到許秀琴，欠缺在演藝方面的可塑性，死愛面子的他，已為未及的失敗焦慮。他去找蔡董雷公蔡。

他們一會面，蕭導先嘆了一口氣，第一句話就切入問題。他說：「蔡董，我看許秀琴許小姐不能用。」

雷公蔡知道蕭導是認真的，但他笑著說：

「我看是你的脾氣嚇壞了她吧。那麼漂亮的小姐，怎麼不能用？」因自己的一語雙關，逗了自己發出笑聲。

「我不敢跟蔡董說笑。」他嚴肅地說：「許小姐沒有辦法挑這齣戲。」

「耶耶，這部片子，許家拿房子抵押，他們也投資下去了耶。」蔡董一臉茫然疑問。

「這、這跟抵押不抵押無關，許小姐真的不行。」

在座的還有吳副總他們幾個人。蔡董很想有人出來說話，他看了看他們；他們不是避開就是驢笑。氣氛逼得吳副總知道自己不能不出來說幾句。他說：

「蕭導演，你是說許秀琴教她也沒用嗎？」

「吳有友先生，吳副總，」他一個字一個字的唸了出來，是在蔡董面前，抑制自己的脾氣。他說：「有些事情是可以教，可以學習，但有些事情是天生的。說白一點，要她嬲，她就嬲不起來，要她塞奶（臺語語音，撒嬌），她也做不來。你講！這要怎樣去演酒家女艷紅？你要我拿出什麼辦法來？」

吳副總看了看蔡董，他笑著對導演說：「戲才開始而已，你就這麼失望。這樣好嗎？拍戲之外，我們從今晚開始，每晚的晚餐，就辦得跟你要拍戲的酒攤一樣，三位男主角，蔡董，我，還有幾位女配角。當然不能沒有你。我們就一起喝酒玩樂，這麼一來，不要一個禮拜，我相信許小姐就會習慣。問題就出在不習慣，不是會不會。」話一說完，大家都笑起來，蔡董聽得更樂；他剛開始的憂慮也解除了。可是蕭導還是不以為然，只是悶不作答。

「就照吳副總說的這樣辦。其他場面用不著許秀琴的外景先拍完。我知道時間不能拖，我們已經預計，最多延長一個禮拜。」

「反正我會盡我的力量去做，到時……」蕭導話沒說完。「我回北投工作了。」

導演走後，吳副總他們留下來跟蔡董聊了一下。

「迎新那一晚，秀琴坐在蕭導和徐員外之間，不能摸不能碰。我就覺得會出問題。」

蔡董說。

「真正想不到，我們去羅東太和料理店他們那裡，看到她坐在櫃臺，或是進到裡頭招呼客人時，她的樣貌令人驚豔，風度翩翩，楚楚動人，⋯⋯」副總的話未說完，蔡董岔開說：

「好了啦，好了啦。你是在表示你識字是嗎？趕緊解決問題要緊。」他有點厭煩什麼似的，臉色一改，「從晚上開始，照吳副總說的去做。順機會該找哪些人做做公關，也順便想一想，分別邀請。好了，我也要去做準備了。」其實，他是很在意方才蕭導在眾人的面前倉促離席。媽的！他把老子的面子擺在哪裡？不想混了！他暗自叨唸。

第二天，模擬戲中的酒攤，因蕭導的工作一直沒能告個段落，雷公蔡特別邀請來的貴賓，有電檢處的薛處長，和某治安單位的于局長，他們只好喝茶閒聊。蔡董頻頻看錶，把身邊的人拉過來，貼耳叫他去催蕭導。于局長眼尖，看到蔡董的焦急，他笑著說：「蔡董，我們不急。我們剛才去看他們拍片了，確實很忙。讓他們告個段落，工作才重要。」

「吃飯嘛，什麼時候都可以。」處長附和局長表示客氣。

「真不應該，讓你們坐在這裡乾等。對不住，對不住！」拱手致歉。其實主要的是要許秀琴熟習這種場面，再來就是要介紹給二位長官，認識認識我們美如天仙的女明星女主角。

拍戲和設酒攤的地方，都在同一個鴛鴦池溫泉酒店。替蔡董去催蕭導回來的人，帶著歉意向主人報告，但那聲音就是向著大家。他說：「蕭導演感到不好意思。他希望董事長先開桌，不好意思讓貴賓等。……」他還有後頭的話，說蕭導演說，再半個小時今天的工作就收工。如果等吃完飯再工作的話，那就很亂很麻煩。還好，他未講完，蔡董就岔開他的話，不然蔡董就很難故作笑態說話。他說：

「說得對，說得對。」他請貴賓離開茶座上桌，隨著拍掌三響，大聲叫上菜。原來的休息室，一下子就熱絡起來；原來鴛鴦池溫泉酒店的陪酒小姐紛紛出來填空位。拼盤的四道前菜上，開瓶斟酒的，輕輕碰觸杯盤，還有挪動椅子，和喜氣的人聲，稍緩和了雷公蔡的鬱悶。不過，他一想起蕭導，後頭就加上「這傢伙」三個字的心結，又再次烙印在心頭。

在蕭導這邊，進度上的延宕，是面對鏡頭就僵化的秀琴。以蕭導的脾氣，拿秀琴來說，那是有點例外到出奇。難怪長期在一起的工作伙伴，都偷偷地笑著說，蕭導愛上了秀琴了。就以前一兩天的工作情形，秀琴幾乎被罵到一文不值。現在不一樣了；一再一再的包容，一再一再的好言相勸。其實這樣的改變，是因為對蔡董訴苦之後，聽了他的警告才如此這般，對他人仍然臭罵連篇。

「秀琴，噢，不對。艷紅，我知道妳很累，我們在這裡的人，哪一個不累。哪一個？」他無可奈何地攤著半垂的雙手，看裹著日式浴袍的秀琴說：「我導演又沒要妳曝露全裸的身軀，只要你露出屏風的右大腿，這有什麼困難？就這麼一個鏡頭，在這溫泉的澡堂，讓攝影師為了鏡頭卡上濛霧，我看他不一下子就擦拭鏡頭，就這麼一小段，他可能擦了上百次了。」大家聽到導演這麼說，在場的人沒有一個不笑。經這麼一笑，導演像是抓到靈感，他好說不說，他接著說：「我知道大家也許不累。為什麼？」賣一下關子，看了看大家，「因為大家沒看過女人的大腿像妳的這麼白，這怎麼不叫人貪眼百看不厭啊。」這麼一說笑聲哄堂。秀琴即刻蹲下來，拉緊浴袍縮成一團，顯出驚慌無助的樣子。在場的其他女演員，有一人跑過去安慰她，而看到秀琴含淚的笑臉，令她放了心。其實她不知道秀琴淚中的笑臉是毫無意識的。

「好了好了，今天就到此收工。」蕭導宣布收工，再向秀琴說：「艷紅，還有妳們幾個，快點去準備，我們要去蔡董那裡，陪他招待貴賓。要快。」

等到小姐們準備好，走進蔡董的酒攤時，客人已經半醒半醉，各自都擁有投懷送抱的酒女。

蕭導還沒踏進門就在門口，向裡面致歉地說：

「抱歉抱歉！我們來晚了。真不應該。」

送抱的小姐想從貴賓懷中掙坐起來，兩位貴賓都牢牢抱緊，把她們留在懷中。本來蔡董想安插秀琴和其他人的座位，一看貴賓已陷入忘我之境，他簡單做了介紹，就讓秀琴坐他身邊，其他人紛紛入座。

在這樣的場合，蔡董避開跟蕭導談有關工作的情形。他先開口說：「你在忙，我們就先開動了。來來，大家一定肚子餓了，先吃飽了我們再來喝酒。」他看秀琴，「來，我替妳夾點菜。我們都吃飽了，酒也喝得差不多了。」他替秀琴夾菜，也看看局長處長，他們是醉了，替他們介紹女主角秀琴時，他們那通紅的臉，一雙睜不開的瞇眼，被笑臉的肌肉逼得成一條線。蕭導端酒向貴賓敬酒，他們兩人都瞇眼笑笑，局長勉強抽出右手，端起杯子搖搖晃晃回敬。擱回杯子時還打翻了。

「你喝，他們醉了。沒關係。」蔡董說。

這時酒店的服務生進來說，傍晚許小姐家就打來好幾通電話，現在又打來了。

「去吧，去接電話，一定是妳母親他們打來的。」聽了這麼說，秀琴像活過來，從座位彈起來就往外出去接電話。蔡董輕輕問導演：「怎麼樣？」

「再看看。」蔡董聽了之後點了點頭，再轉頭向那兩位小姐說：「妳們兩位，好好各自帶于先生和薛先生回房間休息，先不要泡澡喔。」兩位小姐聽了主人交代，半拉半扶地，一邊拉他們的一隻手臂披掛在她們的肩膀，讓貴賓站了起來。蔡董請他們好好休息，薛先生顛來顛去，搖晃著邊走邊揮手就走了。飯桌上都是自己人，說話也就沒什麼可罣礙。

「報告董事長，許小姐的事，我會盡我的力量試。我們再過幾天看看再說。如果不行，你就另外找個人替代。如果我也不行的話，你也要另找導演。你知道我是輸不起的。」

「事再怎麼說都是才開始，不要一開始就喊絕；有多少人已經知道我們要拍一部片子叫《午夜槍聲》，也知道我們在羅東挖到難得的女明星。連同業都看好我們。我們北萊烏的看板，我們的臉跟你一樣，是不能丟的。」

「我明白。」

隔了一陣子秀琴回來了。從白天拍戲就哭腫的眼皮未見消腫。

「跟爸爸媽媽通話了？」

「他們怎說？」蔡董說：「叫妳好好配合，自己要好好加油。對了，你們家還跟五堵鋼鐵廠廖董事長很熟，這一兩天他會來看你。」

「我從頭到尾都在看妳，這都跟以前的新角色的演員一樣，一生疏，二不習慣，過了一陣子他們把戲挑起來了。」吳副總是老油條，事情見多了。他說的話別人也聽得進去。「演戲就是演戲，我們跟導演的想法是一樣，要妳認真是演戲，戲是假的，妳演完了艷紅，最後妳許秀琴還是許秀琴。妳演成功之後，名聲響亮，錢也有了，不想再演。可以，回到家做妳想做的事。等著嫁給如意郎君，就是這麼簡單。」

「記住喔！今天又是妳耽誤了蕭導演的進度。就這麼一天，要賠多少錢妳知道嗎？」為了放鬆室內的空氣，蔡董舉杯敬大家。大家也都舉杯等著看垂頭的秀琴，另一邊的蕭導把酒杯放到她的手裡，大家仰杯喝酒的同時，秀琴拿酒杯的手也被扶起，她也稍仰頭沾了一小口。有人一鼓起掌，蔡董和大家都鼓掌了。

「這好！就是要這樣。來，也要吃點菜。」吳副總說。蔡董暗示不要太集注到她身上。他說：「談談別的。蕭導，現在不是工作，你放鬆大家才敢放屁。」大家是笑了，蕭導連尷尬都不會，臉一板端起酒一口喝乾，本來想一走了之，最後還是克制了自己。不過蔡董看在眼裡笑笑，心裡又叨唸「你這個傢伙！」

這一天晚上，秀琴躲到被窩裡，勾搭指頭唸咒時，第一次覺得有用。她心更用地，也可以說是更虔誠唸著：配合，配合，配合，……

十四、頂煎下迫

許甘蔗夫妻二人，為了秀琴的事，太和料理店連著三天沒營業。到了第四天上午，兩人還在猶豫不決；到底要再休息下去，或是開門應市？

「想好喔。昨晚你最後決定，說要開的啊。」許太太碧霞說。

「不開？不然妳想怎麼好？」許老闆心裡很想太太能出主意；他的個性上一向遇事就想逃避。

「我想因為秀琴，看你也無心做生意。我看就暫時把店關了，看秀琴怎麼了再做決定。」

他一聽太太這麼一說，心頭放鬆了一下。為了秀琴這個如寶如命的千金，夫妻兩人都無心做其他的工作。不過兩位老人的事，始終牽絆在他們的心上；有時一想起來，就像被刺醒過來。

「對了，對兩個老的怎麼說好呢？」碧霞突然提及，這使心頭才放鬆的許甘蔗，額頭的眉目糾結起來。

「怎麼說？不說就好了啊。」

「秀琴的事，他們一定會問。」

「現在不提了，到時候再說吧！」他一臉厭煩想逃避問題。

一提到兩位老人，他們心裡都很清楚；一定會不厭其煩，提到許家的香火，說秀琴要招贅，不然嫁人的話就得抽豬母稅之類的話重複又重複。特別是婆婆，碎碎唸到令人抓狂。如果跟他們辯解一下，輪到婆婆抓狂地叫嚷著說：「許家的香火絕了！好！好！讓我們兩老死了算了！」這樣的言說，就像一齣戲的臺詞，只要一演出，從頭到尾始終不變，身體越老演得更動人。一遇到這種情形，做兒子的比媳婦更怕。許甘蔗曾被說到雙腳跪地求饒說：「阿母拜託您不要再講好嗎？阿母！」碧霞早就知道，事情都怪罪到她的肚子不爭氣，孵不出一個男孩子。她恨死了，可是為了許甘蔗只有忍。看他跪地求饒，她也只好陪跪垂頭掉淚。

「我們準備一下就去看他們。」

「傍晚好嗎？我們滷一碗肉，順便做幾樣菜，晚餐就留下來跟小叔他們一起吃飯。」

「妳不是怕老人多說話嗎？」

「逃不掉的。我們四天沒看他們了，再不趕快去看他們，以後被婆婆話一說起來，能聽嗎？」碧霞是想得週到；嫁到許家有一兩年的經驗，就學會了不少人情世故。在這方面許甘蔗是敬陪末座，好在他自己也認了。

當他們夫妻倆在廚房，整理被老鼠弄倒的油甕時，聽到外頭有人敲門。「有人敲門。會是誰？」

「我去看看。」甘蔗站起身就想去應門。

「等一下嘛，不要那麼急。有急事他就會再敲。」

外頭敲敲停停連敲了三陣。

「快！快去開。」

許甘蔗快步去應門。門一開只聽丈夫大聲一再向人致歉。接著他向屋裡喊：「碧霞——！廖董事長來了！」她一聽說是廖董，心裡就有一絲希望似的，擦擦手就到前廳迎客。

店口路邊停了廖董新購的一部汽車，是裕隆汽車公司代理的黑頭車；因為關稅二〇〇％，除了政府機關大官員，或是大富豪才擁有。其他最多的是自家用的三輪車。一般百姓對汽車，除了叫它黑頭仔車之外，也有不少人，半諷刺的將Taxi用臺語叫做「拖去死」。這也是貧富對立的語言的軟鬥爭。

廖董有一陣子沒來了。他叫司機把車上的東西搬進來。那是廖董到太和來時，不忘帶來基隆委託行買來的好多樣舶來品；有法國的紅酒、香水、美國三5牌，或是Lack牌的香菸、日本的月桂冠清酒、養命酒。最後打開包裝得高雅紙盒子，它裝的是法國名牌LV女士手提包。廖董說：「這一只手提包是要送給許小姐的。」

原來一陣喜樂的氣氛，一時被許家夫妻兩人抑制不住的錯愕，讓廖董意識到有異。他們夫妻兩人也不想隱瞞，就把北萊烏電影公司，為了要秀琴當明星拍電影，綁架他們的事，比上次更詳細的告訴廖董。面對黑道和貪汙官員，廖董也提不出什麼具體的辦法，他搖搖頭深嘆臺灣怎麼會陷入這樣的泥淖裡。他說：

「我會找時間去看看秀琴。」

「哎唷！廖董，你不要去碰，那一群人是碰不得的！你的關心，我們都知道。真的，千萬不要去碰他們。」

「好，我知道，我知道。」

碧霞哭起來了。客人也知道不能多留，婉拒了他們留他吃午飯就走了。

為什麼不愉快的，和不幸的事，全都落到咱們許家？許老闆安慰碧霞說：「只要我們不害人，不欺騙人，捫心自問良心說得過去的話，我們就不用怕什麼。」這樣的義正詞嚴話語，碧霞很不以為然。她回話說：

「許甘蔗，你說良心良心，孔子公孟子他們早就子曰、孟子曰地這麼說了。結果呢？說的比做的簡單。那一個人不知道子曰孟子曰。」他們兩個對起話來，碧霞的話總是比許甘蔗多。她接著又說：「佛祖也安慰受苦的人說，受苦受難的人，那是前生世欠人的。現在遭受到的，是還債。我最近才聽到基督教的人說，我們現世遭受的苦難，是神付託的，祂知道受苦受難的人扛擔得起，才賜給的。……」

碧霞的話還沒告個段落，許甘蔗就走開了。他知道她在講話時很難叫停，再聽下去，自己就被碧霞比下去；碧霞小時候就常聽叫漢學仔仙的阿公，說故事，說論語孟子。所以她跟一般人比較起來，像是聰明得多，何況她是一個女性，反而更突出。

「要不要給秀琴掛個長途電話？」許甘蔗回過來，轉移了話題。

「她不是說過嗎？拍戲時沒有確定的時間表。接電話還得跑到櫃臺接，很不方便。她說有事的話，她會打電話回來。」

「從那天晚上接過我們的電話之後，她一直沒打過電話回來。」許甘蔗心裡一直掛念女兒。碧霞好像抓到靈機，她說：

「對啊，我們說要去十六份看兩位老人。要是那個時候秀琴打電話回來怎麼辦？總要有人留在家啊。」

「我留，我來接電話。我……」

「你要我去當你老母的眼中釘嗎？」碧霞叫苦。「最好這一次你一個人去，我留下來接秀琴的電話。」

許甘蔗一臉愁苦：「那，那今天我們都不去好了。」

「嗨唷——！」她長嘆了一聲說：「我做為你們家的媳婦，三、四天沒去聞問，心裡就感到不安，何況你是大兒子？話被說起來，你想一想，能聽嗎？」這麼一說，許甘蔗是服了，但就是不知怎麼辦才好，只有楞著。

最後要帶去的東西都準備好了，碧霞叫一部三輪車，讓許甘蔗去問候他的父母親。可是碧霞一方面為說服丈夫而高興，另方面也替他擔憂，深怕他挨罵到跪地求饒。反正碧霞是閒不住的家庭主婦，太和的樓上樓下，還有起臥室，有多少時間就用多少時間，掃帚抹布，手腳搆得到的地方，不停清潔打掃。鬱悶的心思拋在一邊，也算放鬆多日來心神的勞累。哪知道她這麼一忙，竟然從中午忙到吃晚飯的時間，才想起丈夫，另一方面心一糾：會不會忙到沒聽到秀琴打回來的電話？應該不會，我一直在注意。她覺得肚子有點餓，她知道許甘蔗會留在那裡，跟他們吃過晚飯才回來。她到廚房想弄點吃的。這時候外頭有人敲門，候了一下下，再敲的聲音更來勁。碧霞快把門一開，真正地嚇了一大跳，是許甘蔗把兩位老人帶回來了。先開腔的是婆婆，她看到媳婦一臉驚慌，她笑著說：

「哎呀，我想再也看不到你們了。好佳哉，我們又回到家了。」說完，她帶頭走進裡面，碎語不斷。走出外頭幫丈夫拿東西的碧霞，已聽不清楚婆婆在唸什麼。她小聲地問許甘蔗，到底發生什麼事？

「他，他們說要回來啊。」他一臉無辜的老表情，碧霞已經見怪不怪，可是一肚子疑問，想要問個清楚，許甘蔗提醒她，說我們兩人在外頭停太久，怕老人家又懷疑我們在說他們的不是。

碧霞提起裝剩菜去的空碗盤的竹籃，隨丈夫走進屋裡，他回頭簡單地問：「有沒有電話？」

碧霞垂頭看到沒洗的碗盤，深深嘆了一口無聲的氣，許甘蔗以為她回答了他，說沒有。進到裡面，婆婆出來說：「在那裡吃不下睡不著，現在回來了，要好好休息一下。」

碧霞兩人看到老人家去休息了，走到前廳掙點時間，話才起了頭，婆婆又出來了。她愉快地說：「我們倆老在你小嬸那裡，不能吃不能睡。現在一回來肚就餓了，等一下煮麵來吃吃。」說了就走進他們的臥房。

碧霞無語面對牆壁，用額頭輕輕叩個不停。甘蔗拉開她的肩膀，小聲罵了一句：「妳瘋了！」看了碧霞的淚眼，再也說不出話來。

十五、換湯換藥

《午夜槍聲》已經足足拍了一個禮拜了，艷紅的戲始終沒有進展。因為秀琴強迫自己要配合導演的要求，演自己厭惡的角色艷紅，要對迷戀她的三個酒客，分別向他們撒嬌，誘惑他們，挑撥他們，引起他們三個各有來頭的人物的衝突；這是《午夜槍聲》這齣戲的重點。可是，演戲或是唱歌及其他方面的專長，都得在先天上具有某些天分。這對秀琴來說，她除了厭惡這樣的角色，同時也沒這方面的性向和天分。拍戲的過程每天挨罵，每天都難過到真想自暴自棄逃走了事。反過來一想，其後果可能引起家破人亡。往正面想，照林代書說的，盡量配合把戲拍完。工作中一遇有片刻，她就勾搭雙手的手指，有時掖在背後，有時垂放兩側，避開人眼，用心唸她的咒：配合，配合，……。然而白天流淚，晚上休息睡覺前蒙在被裡偷哭，哭到眼簾都腫起來，化了濃妝也救不回原來清秀的臉蛋；這就很難上鏡。

前天五堵的鐵工廠廖董來探視秀琴時，是雷公蔡的帶來的。導演就對他們說，秀琴的壓力很大，每次拍攝完，不用導演的指責，她自己也不滿意，自責得頻頻掉淚。看到這種情形，脾氣很大超愛罵人的蕭導，面對秀琴，他的嘴巴也收斂多了。那時，他們讓廖董把秀琴帶到外頭，秀琴見了他，像看到親人，滿肚子的委屈，只能用哭泣和眼淚來訴苦。廖董也沒想到會遇到這種情形，問秀琴也問不出話來。秀琴緊緊抓住廖董胳臂的雙袖，而他不是很了解她的問題，所有的安慰，都沒發生作用。

雷公蔡他們來到沒拍成的零零落落的現場。

「蔡老大，」導演把原來想隔兩天再向他說的話，在某種衝動之下，他說：「許小姐不是拍電影的料。現在不但扛不起艷紅的角色，你看她那對眼睛浮腫到這麼明顯，連眼白也漲了血絲，這怎麼運用近鏡和特寫的鏡頭？」

雷公蔡眼睛痴望窗外遠處，深深吸了一口菸，聽完蕭導的一口抱怨，長長吐出一團煙霧。其實這是對導演的回答。蕭導知道那是一句話，因為沒有十分把握，所以他也不敢再開口，只用溫和的眼神，等老大轉頭看他。稍沉默一下的時間，老大說：

「我們不是約後天再說嗎？你說需要一個禮拜的時間再做決定。你是不是現在就要做決定？」語氣是緩和的，但以蕭導跟他們相處的經驗，這反而是加重語氣。

「對了，我知道，老大您是給我一個禮拜的時間。」他溫和回老大的話說，「剛才只是順便向您做做工作報告。好的，後天晚上我再來請教。」

這已是兩天前的事了。

對《午夜槍聲》這支片子，秀琴絕對是關鍵人物。蕭導帶著攝影師李坤樹一道去見雷公蔡。他們一進到吳有友吳副總家的客廳，雷公蔡的一伙人早已在那裡喝茶了。

「對不起！對不起！我們來晚了。」蕭導拱手向大家賠不是。

「沒有的事，我們在這裡喝茶聊天。快坐下來，快坐下來。」吳副總掛起他的招牌嬉皮笑臉，調動原來的座位，讓雷公蔡和蕭導演坐在大圓桌面對面，他想，今晚就是老大要和導演講話。

「蔡董，對不起，讓您等了。因為我盡一切力量，把您交代給我的一個禮拜的時間，好好用完，……」

「那你的意思是，你不想再繼續拍這部片子了？」

「蔡董，請您不要誤會我的意思。我想拍，但是女主角不另找人的話，我真的無能為力。您問李攝影師看看。」

蔡董看了一下導演身邊的李坤樹。攝影師有點拘謹地說：

「報告董事長，我是拍過幾部片子，卻沒見過像許小姐這麼僵硬，無法演出艷紅該有的語氣和各種動作。」他覺得蔡董認真聽他講，同時看到導演頻頻點頭。他接著：「董事長，你知道嗎？這個禮拜來，試拍了的底片都是NG！這些底片去沖印拷貝成A拷是很花錢的。我的意見是，連去沖印A拷都沒有必要；是很浪費的。」

蔡董對蕭導說的話，都認為驕傲的人在說話，未必可信。這次聽李攝影師的話，總讓他相信了。蕭導演的能力，在圈內的人都是肯定的，但對人而言，他是不喜歡，如果問他為什麼？他的回答一定很簡單：就是不喜歡！

有關攝影方面的簡單用語，如A拷、卡（Cut）、嬈姬（NG）之類……，蔡董不懂也不會叫人解釋。他說：

「照你這麼說，用許小姐是一步死棋了？」

「我，我只是負責攝影，這，這要問導演。」他看了一下導演。導演想開口時，蔡董說話了。

「我堅持要用許小姐，就拍不成了嗎？」

「話不要說得那麼絕嘛。」吳副總說話了。他笑著說：「前幾天，導演嫌許小姐不會嬲，不會塞奶撒嬌。對這件事，當時我們都認為她還沒習慣。所以我們把每晚的晚餐，辦得跟電影中的酒攤一樣，要讓完全沒有經驗的許小姐學習。今天就為了她哭腫的眼睛，就把它當著死棋。我就不相信一個喪家的孝女，她哭腫的眼睛就不會恢復原來的模樣。許小姐會比孝女傷心嗎？」他說得十分得意，蔡董也微笑起來。

「我知道，蕭導演是一個認真負責的人。一個禮拜之後再做決定，是我當時說的。」他問導演：「你的意思是……」

蕭導抱著歉意苦笑回答：「我沒辦法接這支片。」

「蕭導演，你要不要再考慮一下？」吳副總問。

「蕭導演如果說再考慮一下，那他就不是蕭導演了。」雷公蔡看了一下吳有友，然後看著蕭導演說：「很好，我也一樣。要是我再勸你留下，我就不叫雷公蔡了。」他把臉別開，平伸出去的垂掌，在空氣中沒使力地往外撥了幾下。在場的人都看得懂，那意思是說：走走，給我走。

蕭導演不慌不忙，站起來恭敬地向雷公蔡拱手行個禮，二話不說轉身就走開了。但這在講面子的他們裡面，蔡董是十分不愉快的；因為他看不出蕭導演，在他的顏面和語言，露出一些些的懼怕。

「蔡董，我早就知道有這麼一齣，所以把人都準備好了。」

「誰？」

「鄭文斌。」副總得意地說。

「鄭文斌？」他想了一下，「嗯，我想起來了。我沒聽他放過屁哪，這個人。」

在場的人都笑起來。「在蔡董面前誰敢放屁。鄭文斌這傢伙，在外頭臭屁得很哪。」平常的負面話，此刻在吳副總笑臉說出口，卻有讚美的意味。是的，鄭文斌確實沒完整執導過影片；他都是常被幾位導演，借助他去他們的導演組裡面協拍。不過這對他來講，他認為他參與拍了不少部電影，在圈子裡他認識好幾位製作人和導演。另外他對外界另有自己印就的名片，自稱鄭文斌導演。

「好吧，反正這支片子，你是製作人，從頭到尾都是你在發落。你說好就好。晚上呢？」

「照常在鴛鴦池溫泉酒店擺設攤。」吳副總站起來走到蔡董身邊，小聲地說：「耳朵借一下。」蔡董把頭偏過去。吳副總不好意思地說，「請到外頭一下好嗎？」

「有什麼事情這麼麻煩？」說是這麼說，他還是站起來跟著吳副總走出門外。「什麼事？」

「是這樣的，好在您沒聽蕭導的話。您把許小姐留下來，讓蕭導滾蛋。不然的話，根據契約我們會吃大虧。要是最後是許家不幹了，我們可充分要求賠償。」

「事情本來就是這樣明白了還用說。」其實他不是那麼清楚，從頭到尾都是耍老大的踐樣罷了。

蕭導辭職那一天，秀琴做為盤絲洞酒家的蜘蛛精化成美女的內場戲都停擺了。這對工作人員和演員來說，大家都鬆了一口氣似的，可以欠欠身打哈哈，但對秀琴並沒感到鬆綁，她又鬱悶，又焦慮，重重疊疊，整個人像被懸空著不到地的驚慌。

傍晚，吳副總在鴛鴦溫泉酒店內戲的拍攝場，叫人去把秀琴找來咖啡間，要說的話也都想好了。他才哈了一兩口咖啡，秀琴就來到門口了。他的外交習慣，對人就是客氣，還有笑臉，就算他是狡滑也做得很自然。秀琴來拍片的這一段時間，只有面對吳有友，才不心生懼怕或是厭惡討厭。不過她仍板臉不悅。

吳副總站起來，笑迎許小姐，招手請她坐在小咖啡桌的對面。

「許小姐，妳喝什麼？」本來在拍戲之間，團隊裡面的工作人員，包括演員，特別對演員都得用對方當擔角色的名稱；對秀琴應該是叫她盤絲洞酒家女的名字艷紅。假使剛才秀琴一進門，吳有友叫她艷紅的話，她豈止板臉，而是一張臭臉才對。

秀琴坐下來了，吳副總還沒坐下，他彎腰探頭到她的面前，再問了一遍：「來一杯咖啡和蛋糕？」他的笑臉這時才觸及到秀琴，讓她自責自己的禮貌。她僵硬地小聲回答，「謝謝，不用啦。」

吳有友坐了下來說：「這裡只有不怎好喝的咖啡和啤酒。這樣好了，就叫一套咖啡好了。不吃沒關係，現在要妳來的是，要談我們的工作。」秀琴一聽到工作，整個頭就漲起來，好在吳有友接著說：「這段日子太委屈妳了。我知道。要是我，我也撐不住，說不定病倒。妳不錯，很堅強！」這樣肯定秀琴的話，讓她心都軟了，也默默飲泣。他又說，「相信妳今天也聽到，那個最愛罵人蕭導演，已經被我們的蔡董事長把他辭掉了，叫他滾蛋！」他看到秀琴滿肚子的怨言化著淚水，流個不停，這對她來說未必不是一件好事，有個釋解壓力的作用。他稍停說話，讓秀琴透透怨氣。

「我們這部《午夜槍聲》一定要完成它，時間僅剩三個禮拜的時間。本來有一個月的時間，蕭導演不懂得對在這方面完全沒經驗的許小姐妳，好好教妳，一開始就怒罵，惡言羞辱。害得妳驚慌失措，把一個禮拜來的時間和金錢的浪費，都怪罪許小姐妳。」他的話她越聽越感到受委屈，滾燙的熱淚卻讓她有一份舒暢釋放出來。吳副總不急著說話，他讓秀琴怨氣的淚水流個段落，再接著說，「許小姐，我有個小建議，妳聽一聽，想一想。」秀琴略微抬頭看了一下吳副總，接觸到目光之後，隨即又低下頭。他說：

「演戲是假的，但要演得跟真的一樣自然，這是不簡單的事。尤其要演一個酒店的名花艷紅，要妳正派的千金小姐來演她，這是很難的。首先所謂的酒家女，不管她的背景是如何地可憐，社會一般人都認為那是低賤的。所以當妳腦筋清醒的時候怎麼能叫妳屈得下去——！」秀琴又抬頭看了一下吳副總，他對自己這一連串先替對方抱屈的話，看到秀琴的態度和反應，自己在心裡暗自讚賞自己。「所以說啊，許小姐。我們不是每天的晚餐，都用心的設計成戲中的酒攤，要妳慢慢了解，慢慢習慣。但是我覺得這樣還不夠，要是妳能喝點酒，讓腦筋有點昏醉，就不會太在意演酒家女艷紅了，是不是？當然這還是要一小段時間。其實艷紅的戲，大部分都在酒攤和臥房而已。」

秀琴全都聽下去了，倒沒全盤接受，尤其是臥房的戲又讓她不安。不過吳副總的話和態度，也讓她重新思考怎麼配合，深思自己有些想法需要改變。

「我是為妳好，也希望我們片子成功。」他看了一下秀琴，端起咖啡當酒，「來！喝咖啡。」

秀琴也輕輕端起咖啡，喝了一口發出骨碌一聲喉音。秀琴難得不好意思地笑了一下。這一下吳有友認為是他的一大成就。他馬上叫人去叫鄭文斌。秀琴一聽鄭文斌，她怔住了。吳副總說：「他現在是接蕭導演的位子，他有需要好好跟妳溝通溝通。」

許小姐如果沒記錯，那一定是一個月前來騙吃騙喝的那個人，不見也罷，她站起來轉身就要走開。她之所以會有這樣的反應，並沒經過好好思考，只是一個類似反射動作而已，但吳有友也沒預料到。他急切地叫一聲許秀琴許小姐時。她才意識到不該對吳副總無禮。她回轉身，吳的搬出對人客氣的老套動作，稍傾腰身伸出右手示意，「請坐，請坐下來，我們的話才要開始哪。妳有什麼急事嗎？」

「不是。」她小聲地說。這在老狐狸聽起來，應該回答有或是沒有。為什麼回答他：不是。這就可疑了。

「因為我今天換了導演，他最需要跟女主角溝通。如果妳沒什麼急事，我們就等一等，」他看了一下手錶，「很快，不用超過十分鐘他就會到。來，把蛋糕吃了。咖啡要不要換一杯熱的？」吳有友從開始一連串對秀琴的客氣話，她在禮貌上不能不從，其實一直想逃離目前所陷入的困境，內心裡面仍然厭惡到極點。要不是林代書分析出許家面對的大問題，唯獨忍耐配合，並且最大的關鍵都壓在她身上。她暗地裡，抓住短短幾秒也好，勾搭雙手的手指頭放在桌子底下，用心咒唸著配合。

秀琴是坐下來了，為了放鬆自己，她輕輕拿起小叉子，輕輕挖著蛋糕放到嘴裡。吳有友笑起來說：

「妳是在吃稀飯配豆腐乳？」老狐狸這招又奏效了。秀琴笑了，整個愁苦的臉也鬆了很多，空氣也不再凍結。

鄭文斌帶蕭導演的導演組的兩個人來了。秀琴抬頭一看到姓鄭的，馬上把眼睛避開，這樣的動作傷了姓鄭的，使得他的喜臉楞住。吳副總使了個眼色。「鄭導演，你們請坐。」

姓鄭又浮起笑臉：「謝謝。」

「你們先點個飲料。」

「不用了，謝謝。」

「我們要花一點時間來好好談一下。點點，你們點。」

服務小姐聽悉他們點的飲料走開，吳副總就開口說：

「鄭導演，許小姐是你挖掘出來的一顆鑽石，對公司來說，不管你當不當導演，如果這部《午夜槍聲》拍成功，你的功勞最大。現在蕭導走了，你遞補他的導演位置，也算是升官了，你要好好把握。尤其是許秀琴小姐，你當導演的人，更需要細心教導她。」

鄭文斌的尾巴都翹起來，他說：「真的，像一顆鑽石。那天晚上我們在羅東，走進太和料理店，第一眼看到她笑臉迎我們時的眼睛，我就被電到了。我當時心裡想，我們在臺北到處找不到明星，眼前的這位小姐不就是嗎？」他看著秀琴，同桌的人也看著。他們也算看了一個禮拜來的她，而很難讓人想像到鄭文斌說，初見秀琴那一副讓人觸電的眼睛和笑臉。秀琴一直把臉別向一邊，顯露出心裡的惱怒。

吳副總說：「現在請鄭導演來，是希望許小姐在工作上，有什麼問題當面提出來。

我們的工作只剩三個禮拜，全省的院線也都排好了。」他看著秀琴，「目前的困境是卡在妳和導演身上。那個鬼導演蔡董已經把他辭掉了，換了鄭導演。現在就看你們兩個的表現了。」

如果以導演而言，秀琴還是比較服蕭導。主要的問題自己也知道，叫她當盤絲洞酒女艷紅店花，要她撒嬌作態誘惑，挑逗來自軍方的柳營長，金融方面的馬董事長和角頭牛埔大龍哥三方面人物，來引起他們爭風吃醋，明爭暗鬥，最後才引爆槍聲。這樣的戲對任何女主角而言確實是重戲。何況對戲劇和經驗，還有她的個性，完全碰不著邊的許秀琴，就是給她再長的時間也很難雕塑成為艷紅。目前她已經完全明白，她的配不配合這部片子的完成，與他們許家的家產牽扯上絕對的關係。如果再接下去，許家會變成什麼樣的情形，她根本就不敢再想像下去；那是一個很深又暗的坑洞。她就是一直被這一道陰影，威脅她的心理。本來看到鄭文斌就叫她渾身不快，再聽他說話時，正想站起來就走開。但面臨心裡那一道深不可測的坑洞，她坐下來，聽吳副總說的話。

「鄭導，我今天就把許秀琴小姐交給你。她是你挖掘到的寶，要怎麼琢磨，那得看導演你囉。不要像蕭導一味地怪罪許小姐。」

鄭文斌看著製作人吳副總猛點頭。

「許小姐，我交代鄭導演的話，相信妳也聽得很清楚了。」吳副總有點高興，他看到秀琴轉個臉聽他講話。「我跟妳說過了，演戲演戲，那都是假的；妳演戲的時候叫做艷紅，那是假的。戲一演完了，妳就是妳，妳就是許秀琴不是？」他笑了，秀琴的臉也鬆了，其他人都笑了。

「那就這樣，許小姐妳就暫時留下來，鄭導演可能有些事需要跟妳溝通。我有事，我就先離開了。」他離開桌子回頭看了一下秀琴，正好目觸到秀琴不安地目送他。「不會有事。慢慢談。」

吳有友留下秀琴走了。該講話的鄭文斌，看著把臉別到一邊的秀琴，他愣了一下，不知要怎麼開口。他像是經過掙扎過來，喘了一口氣：「秀，秀琴，……許秀琴，小姐，」他也自覺得口吃，這是不曾有過的事，連他帶來的同伙的木連、錫金也意外地笑了。原來將近一個月前，他們在羅東太和吃喝了一桌霸王餐還沒完全消化，留下一些沒忘記的內疚引起的。「許小姐，妳也知道我是這齣戲的導演了。我有個想法，從今天起妳有三天的休息，好讓妳有個充分的睡眠和充分的飲食。不然這些天來妳不吃不睡，哭腫了眼睛身體也消瘦了，沒有辦法化粧，旗袍穿上去看不到妳的身材，再者妳的心思調不過來，這怎麼能拍？我向吳副總賭了三天的時間讓妳好好休息，……」說到這裡，秀琴才轉過憂頭苦臉看他。他以為秀琴有話，停了一下，看到她不是想說話，他接下來說，「妳要是沒有好好休息，沒有恢復妳原來的樣子，這戲就拍不成。」看了看她，「拍不成的話，這對妳家影響很大。」

「休息這三天，我可以回羅東嗎？」秀琴總算開口了。

「但是吳副總安排下來的晚餐酒攤是不能變更；首先要妳習慣，同時每一攤都有邀請一些人物，做做公關。需要做公關的貴賓，差不多都排定時間，很難變動，除非是貴賓本人。」

原來秀琴一聽有三天可以休息才開口說話。現在知道晚上的酒攤不是拍片，但她得演練盤絲洞的蜘蛛精艷紅。她咬唇皺眉表示十分失望。

「許小姐，」他叫了一下，秀琴沒理他。他又以略微低姿態的聲音叫了一聲，秀琴才看著他。「妳這幾天的問題出在妳的腦筋太清醒了，所以要妳演酒女撒嬌作態，對酒客的毛手毛腳，妳要半推半就投懷送抱。妳又不是演員，又是第一次要妳這麼演；這怎麼可能？」他看到秀琴傾聽他的話，其實這是吳副總提示過她，也令她覺得可參考的話，秀琴像複習重聽罷了。他接著說，「妳是不是可以喝一點酒，讓自己不要那麼清醒，說不定就可以做到了。」他看到秀琴的臉上有了笑紋，話又來了，「其實《午夜槍聲》妳主要的戲都在陪酒，戲又不多，把那三個人搞得爭風吃醋，明爭暗鬥，槍聲響起，就這樣。這些妳都知道了。現在妳知道妳演陪酒戲弄酒客時，腦子太清醒了，做不來。晚上，晚上喝酒時，多喝一點酒試試。」

秀琴為了要配合而始終配合不來。這次再經這個不想理他的這個姓鄭的，他也提出剛才吳副總同樣的提示，讓她認為有道理。對！我太清醒了。好，下次試試看。她自我鼓勵一番。

「晚上見。現在還有一段時間好好休息。」他說了，他們就離開咖啡廳。秀琴留在那裡好好想著怎麼克服自己的難關，勾搭手指，心裡唸著配合、配合、配合、……

十六、央三託四

許家的困擾，使得夫妻兩人幾乎都抓狂，要不是太太碧霞堅強和冷靜一點，單單扶持懦弱的丈夫，就給她增添煩躁的壓力，即將整垮了她。

碧霞想盡辦法，央親攀戚去請地方上，亦算是一種宗教幫派，西皮子弟戲的團主人物丁財，引領他們去見羅東南門大。他們帶了一大包香腸和兩瓶洋酒，做伴手禮。

丁財一進門，在客廳喝老人茶的南門大，馬上站起來熱烈地跟丁財握手，說了一些客套話。隨後進來的許家夫妻，就在南門大的眼前，他連瞄一眼都沒瞄，害夫妻他們倆楞在那裡發窘。丁財回南門大的說：

「什麼風把我吹來？」他掙脫南門大的手，轉頭看了看許家夫妻笑著說：「是太和許家他們兩人把我吹來的。」

「好好，大家坐，大家坐。」南門大看了他們笑著要大家坐。三郎稍移動椅子，讓大家坐下來之後，「來，你們來得正好。今天喝的是白鼻心，也叫膨風茶。」

「白鼻心仔膨風茶？這是最貴的茶哪！」丁財討好地讚嘆著。

「貴倒不是問題，不容易買得到！」他一邊沖泡，一邊談起茶經，說喝好茶，不能叫做喝，要說品茶；品字有三個口，我們的嘴算一個口，可以評斷口味的好壞。鼻子也算一個口，它可以聞香。眼睛也算一個口，它可以看茶色。喝茶時，眼睛、鼻子和嘴巴同時享受色、香、味，所以才叫做品茶。許家夫妻在禮貌上表示聽得心服，丁財他們那一掛的人應該也知道這些，為了讓炫耀者高興，他露出笑容頻頻點頭。南門大說起勁來，除了茶葉的種種，水也來得不易，說他泡的茶水，是來自殼頭山那裡的泉水，還有燒水的陶土罐和小茶壺，都是來自福建的武夷山。他說：

「這還不夠，」他指著身旁燒水的烘爐的炭火說：「你們看那個炭火，那是什麼木炭？」他沒等答案，「是相思樹的木炭才可以。不然的話，什麼好茶好水都會前功盡棄啊。」

他們喝了幾輪茶之後，丁財在適當的時候，才把真正來拜訪的目的說了出來。南門大早就知道。碧霞吐出了他們的困境，說到秀琴無法承擔女主角艷紅的角色的種種壓力時，南門大的很不以為然地說：

「你說現在在酒家當酒女的人，那一個是出生就會當酒女？都是生活所逼的，遇到了只好面對了。」

「但是……」碧霞話未說完。

「但是，但是，話要這麼講，但是，那就，但是不完了。」南門大厭煩地說。

碧霞抖著聲音說：「雖然我們不是什麼親什麼戚，我們都是羅東人，你也得看我們羅東人的面子。……」

「請你不要再說了。」他是生氣了，但多少還是忍了些，「你們契約也簽了，我也有一份。我南門的要是聽妳的話違背契約，這才丟咱們羅東人的臉。」他生氣的臉色一變，笑對丁財話一轉，「真歹勢。你們最近有演出嗎？」

他們嘻哈一場，丁財被留下來喝茶，許家夫妻摸摸鼻子就回家了。

在三輪車的回家路上，碧霞憋不住地向許甘蔗嘮叨：「你怎麼一句話也不講？」

「妳說的話，跟我要說的話都是一樣。妳已經說了，還用我說什麼嗎？」

「我是看你不發一語才開口的。」

「哪一次不是這樣，都是妳在搶著說話。」

「好，下次我一定等你許甘蔗先開口我再做補充。」

「人家說女人嫁鷄隨鷄，嫁狗隨狗。我看我們是娶鷄跟鷄，娶狗隨狗。」甘蔗難得說笑。

「噢！你還有心情講笑喔。」

「要不然要怎麼辦？」

「我在想我們找南門就不對，他們和北萊烏雷公蔡是同一掛的。」

「我怎麼不知道，就因為他們是同一掛的人，希望他能看上我們羅東人的面子，幫我們說說話。唉！我想得太簡單了。」

「對了，回到家兩老問及秀琴的事，我們一字不提。不然我會被問得發瘋。」

「你又不是不知道，我們的顧客，羅東街上的人哪一個不知道秀琴去當明星。知道秀琴的遭遇的人，也不在少數。」碧霞苦惱著說。

「這麼說家裡的老人也都知道了？」

「我想應該知道了吧。」事到這種地步，碧霞說，「也沒什麼好欺騙，有什麼就說什麼。」

「妳是真的不知道秀琴拍不成的話，我們會掃地出門，什麼都沒了。」甘蔗急起來了。

「怎麼不知道？知道了又能怎麼樣？遇到了，只有面對了。」

「怎麼面對？」他說得就像已面臨到災難那樣的害怕。碧霞也害怕，只是她沒有許甘蔗那麼絕望。她回了一句俗諺：

「時到時擔當，無米煮蕃薯湯。」

「我們的店，我們的房子都抵押了，到時不但沒米，連蕃薯都沒有。事情到這種地步，妳還能輕鬆說笑。妳……」

「許甘蔗，你在別人面前，像剛才在南門大的面前，你一句話都沒有。現在對我，牽牽拖拖，圓圓纏纏，纏個不完。」她也意識到自己再說下去就傷感情。她放低聲音說，「好了，我們暫停一下，都不要說話。」

兩人鬥嘴，許甘蔗罵碧霞：武則天。碧霞回嘴：因為皇帝無能，皇后只好取代啊！

當時碧霞這樣的回話，連自己也得意地嚇了一跳，還好沒有忘形。事實上，在生活方面，和經營太和料理店，要是沒有許甘蔗，問題不大。要是沒有碧霞，太和一定經營不起來。這話是家裡老人責怪碧霞的時候，他特別強調給老人家，要他們明白。除此之外，在一些親朋好友的閒聊之間，許甘蔗也這麼肯定碧霞。對這樣被丈夫肯定的碧霞，使得她在許家，再有什麼苦都可以吞忍下來。

在三輪車上回家的半途，碧霞對嫌棄丈夫的言語感到有些內疚。到了家下了三輪車，在入門之前，碧霞看著憂悶的許甘蔗說：

「嘴跟舌頭再怎麼好，有時也會咬到。」

許甘蔗笑起來了。「妳在說什麼？是今天才認識妳嗎？」說著剛進門，他伸手去掐了一下碧霞的屁股。

「唷！你這個人。你還有心情？」她沒有生氣。但她真的沒有那種心情，其實許甘蔗也沒有。

隔天，照他們聊到深夜，絞盡腦汁想要如何脫困的辦法，最後的結論是，到鎮裡的媽祖宮、帝爺廟和城隍廟三所宮廟拜拜求平安。因臨時的決定，沒時間備辦三套的三牲酒禮，即備了三套的香花水果和金炮燭，忙著去穿廟門。同時碧霞也想到，最好還是搭三輪車，不然熟人那麼多，遇到了他們總是難免給你問長問短。

他們先到香火最鼎盛的媽祖廟天后宮，在那裡還是遇到一些半生不熟的善男信女。他們是認識太和許家，而許家最多是覺得面善；隨這些人善意的招呼，生意人的許家，自然也得跟人答話回應。例如人家問：

「料理店什麼時候再開張？」

「許小姐的電影什麼時候演出？」

「許秀琴不想當電影的女主角，是真的嗎？」

「聽說……」

對諸如此類的招呼問話，碧霞也以嗯嗯呀呀應付過去，並笑笑說，「拜媽祖要緊。」說著拉開許甘蔗，趕緊找空位，鋪排帶來的供物。可是媽祖廟的信徒可真多，碧霞才應付了些人，後頭又跟著來。她簡單地回應，是啊，是啊。對啊，對啊。管他的，嗨嗨，就是說嘛，哎……。

許甘蔗表示甚煩不過，她卻說，嘴巴長在人家身上，他們愛怎麼講就怎麼講，你拿他有什麼辦法？我們也沒有時間跟人來回爭辯。話才這麼說，她瞄到菜市場肉攤子金池的夫妻走過來了。對，今天是禁屠。她偷偷地向丈夫說，「真慘，你後面有人走過來了，好像對著我們。」沒錯，他們多日沒去辦伙，購買魚蝦，鷄鴨和豬肉了。這些天來，太和許家秀琴，都成了菜市場他們的話題。

當他們獻果燒香拜完之後，在金亭燒金紙的時候，許甘蔗一開始就想要做的事，因怕碧霞的反對，而憋到此刻才問：「要不要向媽祖求個籤卜個卦？」

碧霞先停了一下撥金紙，眼睛並沒離開金紙的火焰，想了想才說：「不用吧。以前我們常這樣做，結果還不是老套，教你做東做西，到頭來放個臭屁安狗心而已。」她說得很自然。可是甘蔗聽起來可慌了：

「妳怎麼可以在這裡，在燒金的時候說這種話！」

「媽祖要人真正清心向伊敬拜，其他花花巧巧的事都是多餘的。」她持著平靜毫不加語氣，「卜卦仙，他的話始終老套，說什麼講好的你不要歡喜，講歹的你也不必生氣。這樣的話……」

許甘蔗不希望她再說下去：「好了，好了。」他跟家裡老人家的想法很像，特別像老母親。先不管碧霞的話的是非，他認為在廟宇裡面的舉止言語，都不該對神佛失敬。這一點碧霞早就知道，為了避免無謂的爭辯，她不說了，甘蔗也不要求抽籤問卦了。

他們花了半天的時間，三家廟宇都拜畢，一打開門就聞到廚房燒東西的味道。碧霞衝進去一看，是婆婆在弄吃的東西。

「阿母，妳在做什麼？」她走近婆婆把鏟子接了過來。

「做什麼？我們倆老等妳做飯給我們吃，早就餓死了。」婆婆很不愉快地說。甘蔗看到碧霞受委屈，他替太太回話說：

「阿母！現在才十一點半，妳就急著生火動灶。我早就跟妳說了，我們不在家的時候，千萬不要自己弄吃的；又不是沒發生過事情。……」

「好了，好了，」老人家生氣著說：「我話都還沒講，你就替你某先講；你到底是老母生的，還是某生？！」伊往裡頭叫：「祿仔，我看我們去死掉算了。」

許老先生行動不怎麼方便，沒拐杖的話得扶牆扶壁。他一聽到老婆怒叫，從床邊的躺椅急著要站起來，一時的暈眩站不穩，抓住躺椅的扶手側摔下來。好在躺椅是籐竹的材料輕，壓在老人家的身上，並沒觸成傷害。老人家可能嚇壞了，連叫都沒叫一聲，可是跌撞的聲音，把甘蔗和碧霞嚇得趕緊往裡衝。甘蔗把失神的父親抱上來，兩人急著找老人身上的傷。最後終於發現，老人家右邊頭蓋骨的地方，撞到八腳眠床的床腳，破了一個小三角形的皮，雖是像見骨卻不見流血。碧霞很快就去拿裝有雙氧水、黃藥水、紅藥水和碘酒棉花的外傷藥包。甘蔗急急地叫：阿爸，阿爸，……同時耳朵貼在他父親的胸口，聽聽老人家的心跳。他聽到老爸的心跳聲很急促，這倒叫甘蔗心安了一點。心裡正怪太太怎麼還不來，哪知道已經在背後的老母，竟像辦喪做孝似的，有詞有調哮哭地唱起來。

「阿母！妳瘋了！阿爸沒死，妳在做什麼孝！」甘蔗意外的對母親狂叫起來。老母沒想到這個乖兒子，竟對伊這麼叫起來。伊小聲地說，伊以為老尪死了。

老爸可以攙扶著移步。碧霞從外頭衝進來叫：「三輪車來了，快把阿爸送到醫院！」甘蔗和碧霞把老爸扶上車時，他突然想，留碧霞在家，恐怕挨老阿母叨唸不完。他叫著：

「碧霞，妳帶阿爸到醫院，下車時請三輪車師傅幫我們扶一下。」他向三輪車伕，

「拜託你了。」

起先碧霞聽了感到為難，等他轉向三輪車伕時，她就完全明白苦甘蔗的苦心了。

跟到外面走廊的老母，對甘蔗說：「你這樣做對嗎？」

「什麼對嗎？」

「你怎麼讓碧霞帶你老爸去醫院，怎麼不是你去？」

「唉唷，阿母。阿爸看起不怎麼要緊，只有頭蓋破了皮。碧霞比我謹慎，她會詳細跟醫生說明了。」甘蔗的話讓老母感到有點茫然。甘蔗接著說：「來，我們快進去。妳不是餓了嗎？我比碧霞會做料理。」

他把老母親帶到房間，打開收音機；它早就鎖定歌仔戲的頻道。一聽到歌仔戲，伊好像跟這世界隔開了。甘蔗走進廚房，看到灶火完全被水澆熄時，笑了笑，心裡十分欽佩碧霞的細心。

十七、脫身換不了骨

鄭文斌導演，除了要秀琴參與模擬酒攤陪酒的晚餐，要她習慣艷紅一角之外，本來說是三天，後來又多給了一天，讓秀琴的心平靜下來，哭腫的眼簾也恢復原樣；這樣的目的竟然達到了。那幾天空閒的白天，五堵鐵工廠廖董帶她出來散散心，參觀工廠，找時間跟家裡講講電話。廖董的工作脫不了身的時候，就交給女祕書和司機陪秀琴。不過秀琴以不想太麻煩人為由，常要求留她一個人在工廠的招待室，或是休息室自個兒喝茶養神。

其實她面對她自己的成敗，與許家的家產存亡的絕對關係，幾乎壓垮了她。好在起初就令她瞧不起的鄭導，他能體會到她的壓力，還教她如何去克服演一位酒家女的建議。說她難於擔任艷紅的原因，就是那一位叫做許秀琴的漂亮小姐，在心裡始終分秒不離自己。如此的清醒，酒家女又是店花的艷紅，就無法投身入戲了。她一直在體會這件事，想了再想，她服了。

在那放假的三天晚餐，照常設為酒攤，讓秀琴學習入戲。她聽鄭導的指導喝了些酒。開始時不敢多喝，在鄭導的勸說之下，多喝了一兩杯，不多時酒氣籠罩了全身，一種莫名的興奮從心頭湧起。鄭導要秀琴試演向男角投懷送抱，是要她主動去挑弄客人的，可是她做不來。反過來做為被動時，她沒反對，經對方的摟抱撫摸身體時，還能感受到一種快感，加上對方的迷湯臺詞，演出艷紅的影子雖還差一截，不過做為一隻菜鳥的酒女陪客的話，可算是及格的了。

第二天的表現更為進步，鄭導勸秀琴再多喝一點試試。她試了，人是更為迷糊，做為酒女艷紅和秀琴自己，二人混為一體，一進一出。鄭導說：

「太好了，大有進步，大家都看到了對不對？」席間的演員和特別為公關關係邀請來的貴賓，經鄭導這樣的褒獎，大家都鼓起掌快樂地吆喝起來。醉醺的秀琴也樂得原來凝重不堪的壓力竟然蒸發，她跟大家同樂在一起。

當秀琴最後一次的半天假，廖董又來帶她出去散散心時，廖董已看出她臉上憂傷不見了。頭腦精明的秀琴，也看出廖董心裡對她的表情有所改變；跟前幾天前見了他，抓緊他兩臂的袖子，勾下頭來頂住他的胸口，哭泣的情形完全不一樣時，她笑著說：

「我好像可以拍下去了。以前不好意思說出來的臺詞，還有動作，鄭導演叫我喝些酒之後，演起來就比較像酒女了。」她持續她特有的笑臉，同時淚水也盈眶。

在這空檔，廖董也帶秀琴掛兩次電話給家裡報平安；她一再強調廖董的關愛和照顧。家人還是那一句老話：「無論怎麼樣，一定得忍耐。」家人想得到的，總是認為秀琴有媽媽碧霞的個性，要她去演一個挑撥三方面的人物，迷戀店花酒女艷紅，讓他們爭風吃醋地引起戲劇性的高潮，這真的讓她覺得十分受屈辱。「那只是演戲，不要掛在心上，能忍就得忍。」家人再也不敢跟她提醒契約書的事。

但問題又來了，廖董的夫人廖曾氏幸子，她在廖董標購到宜蘭機場的特攻隊的飛機時，前後跟廖董去過羅東兩次，也被太和料理店的許家親切地招待過，兩家都談得十分愉快，她對秀琴印象深刻，讚美有加。然而她知道秀琴北上拍片，遭遇到種種委屈，承受很大的壓力。丈夫站在朋友的立場，經常抽空去探望秀琴，可是她覺得廖董所謂探望朋友的女兒一事，超過尋常。經她不斷追問司機李林茂，甚至於加以他曾經發生過的過錯來脅迫。這麼一來，終於問出廖董早就經常往羅東跑，每一趟多多少少都會去基隆委託行，買一些舶來品水貨當伴手禮。連這一天的白天，還去載秀琴去看廖董在迪化街很古雅的老家祖厝。

廖董娘不像吃起醋來，就鬧得天翻地覆的女人家。過去她的娘家，是汐止一帶的大地主。父親曾福壽，包括上一輩的祖父，他們都是正娶之外還納妾；這除了大某小姨公然娶入，外頭的就像連鎖商店。董娘幸子，她就是小姨仔生的，然而她家枝葉之茂盛，樹蔭蓋地；她家的兄弟三個，有兩個娶大某小姨，她的兩個姊姊，雖然都當了姊夫的正娶，後來兩個姊夫也都再納妾。至於婆家的大某衍生出來的枝椏樹葉，這麼多年來在廖家，她都還沒搞懂那些人，誰是誰。一想起這些，她的醋就沒有人可以讓她當面聽她吐吐苦水，反被自己釀造出來的醋成為苦水時，只好往自己的肚子裡吞。她一想再想，拿自己近六十的丈夫，以目前來跟她的血親，和姊姊他們的男人相較之下，她還能怨什麼？可以偷笑了。她暗自跟自己這麼說了。想到這裡，幸子的愁臉是泛起微波的笑紋，但她並沒意識到。

早晚子女媳婦孫子都在家，有關廖董跑羅東，或去探秀琴一事，她謹慎到一字不提。

到了晚上就寢時，幸子才低聲下氣聞問：

「你公司工廠那麼忙，你哪有時間跑羅東，去北投探那個太和的女兒？」

這突如其來的問話，令廖董一時怔了一下，無法回答。太太接著說：「上午你還帶她去看舊厝。」以一般主持一個大產業的男人，能像較為單純的廖董的回答：「是誰說的？」這般溫和語氣是少有的；換是其他人，一定是盛怒的反射「誰說的？講！」

「你又不是不知道，我三不五時，常常會去打掃打掃，窗戶開開，讓空氣流通；這都是你教我的啊。我下午去舊厝走一走，厝邊隔壁的鄰居就告訴我說你上午也來過了。」幸子董娘小心到不敢提起他帶小姐去。

「太和許家妳又不是不認識，他們的女兒秀琴目前的遭遇，妳又不是不知道。許小姐受屈到每日用眼淚洗臉……」

「我知道啊，你都說過了。我也真同情伊，不過你的事業那麼忙，你把這種事交代給我不是更方便？」

「事情不是妳想那麼簡單。去北投探伊，那裡的人都是生毛帶角的流氓，妳要去？去送肉飼虎。」

董娘把心中真正耽憂的醋味，只洩漏出來那麼一點。最後她說：「我們都很熟了，有時也可以帶來家裡啊。」

其實這一晚北萊烏擬設盤絲洞的酒席，秀琴據自己的斟酌多喝了一點，再來，她理智地說服自己，把現實和拍戲的世界分得很清楚，所以表現出來的成果，鄭導不用說，雷公蔡，吳有友連同一組的工作同仁，都驚嘆她的進步，尤其特別邀請來的幾位有關單位的貴賓，心裡都有些遐想。

酒席散了，秀琴自己無法站起來走回房間。梅蘭秀英分成兩邊，扶持秀琴將她的胳臂，披在她們的肩膀慢慢往前移步時，鄭導在背後叫了一聲艷紅。她們即刻停下來回頭看鄭導，秀琴她已醉到癱瘓，頭卻像沒有頸椎地偏垂一邊。

鄭導趕到她們的面前，回轉身稍蹲一下膝蓋偏著頭看秀琴的臉：

「有沒怎麼樣？」他專注地看著毫無反應的秀琴，挺起身看看扶持秀琴的梅蘭和秀英。

「整個人都變成像沒骨頭了。」梅蘭：「要是我們兩人不扶她，一放手，她一定癱在地上。」

「好，我知道了。你們扶她回房間，好好照顧她。」他交代了之後，一轉身微笑著走開了。

「嘢！」秀英小聲地問梅蘭：「妳有沒有看到鄭導在偷笑？」

「怎麼會沒有。唉！在我們面前，妳看他是多麼關心秀琴。但一轉身就笑了。」

「好假噢！」

她們把秀琴帶回房間之後，加上早回到房間的錦鳳，就像親姊妹似的，無微不至地照顧秀琴。

「妳知道鄭導剛才那麼假惺惺，為什麼嗎？」秀英壓低聲音問梅蘭。梅蘭看著秀英冷冷的笑臉，讓錦鳳好奇：

「發生什麼事？」

經秀英略微說明，梅蘭嘆了一口氣，先看看秀琴，知道她已睡得很深之後，用手向她們一招，三個人聚在床尾：「我猜他很想那個吧。」梅蘭說。

「那個？」錦鳳似懂非懂。

「我就是這樣被他們睏了。」

「他——們？」

秀英垂頭無語，才踏入圈子裡的錦鳳，被此刻冷縮的氣氛，叫她感到慌慌然。

「真正不值得！我說我自己。當時他們電影公司說，需要一、二十個年輕小姐當臨時演員拍電影。」梅蘭說：「一聽到可以拍電影，我們女孩子都瘋了，去應徵的人擠得油都搾出來；人多到分兩天才徵選完。哼！什麼徵選？只差沒叫我們脫光而已。錦鳳妳不知道，秀英就知道。」秀英沉默不語默認。梅蘭對當時所謂的徵選情形，一一抱怨敘說出來，說電影公司向國小借了禮堂，講臺底下接了幾張長桌，後頭坐一排評選的人；也沒有給她們介紹他們是誰。有幾個人她現在知道了，有雷公蔡，吳副總和蕭導演，還有他們背後一大堆人，他們全是男人，剛好跟她們舞臺上全是女人對比。按秩序被點到名的小姐，從右手邊的出將走進舞臺，要她們自我介紹，要她們唱幾句她們喜歡的歌，有的唱沒幾句就被喊停，有的還可以唱完一支歌。除此之外，要她們脫掉外衣，要她們高抬大腿、劈腿，要她們扭腰翹臀，再從左邊入相走入後臺。最後梅蘭說到自怨自責：

「誰叫妳？都怪別人也不對。說我就好。我住在九份，從收音機聽到拍電影徵小姐時高興得不得了。我跟母親說我想去應徵。母親極力反對，反對到她哭了起來，連我採礦死了的父親也挨罵，說他為什麼要這麼早死，留下這麼北兵的查某子，要找誰來管？！」她停下來讓自己的情緒稍平穩些，「我被錄取了。結果呢？電影是拍了，都是演小角色。可是被利用了！幾乎每天晚上陪公司做公關，巴結和公司私人有利益的人物，陪酒、喝酒喝到被睏。」結果領到的酬勞，連店員的薪水也不到。被睏過以後，導演，還有跟電影有關的人，能安排多出現在鏡頭的機會，我們就以身相許，能在一些電影裡多露露臉，我們就高興，所得的，梅蘭長長吐了一口氣：「連一個妓女都不如！」

秀琴的身體動了。她們攏過去，「妳醒了？」

「我的頭好痛。」

「現在才痛？」

「現在醒過來才痛。」她說得整個臉都皺起來。

「我們剛才在妳的腳尾講話，妳聽到了，吵到妳了？」

「沒有。我想喝水。」她撐起身體，很快就被梅蘭壓下說：

「妳要喝水，我叫錦鳳去拿，妳先不要動。」

「現在幾點了？」秀琴疲憊地問。

「快兩點了！明天還有事，我們趕快睡。」

錦鳳拿水回來。她說她經過男生他們的房間，裡面熱鬧得很，好像鄭導的聲音最大。

「也好，他們晚點起床，我們就可以多睡。」

看來秀琴不需要特別照顧。她們都覺得累了，連泡澡的事，都等明早再來。

十八、漸入佳境

許家多少獲悉秀琴平安無事，許甘蔗和碧霞討論的結果，加上婆婆的催促，憂鬱了大半天，事先就料到太和一開張，進來光顧的客人，他們一定會問長問短，問有關秀琴情況，表示他們的關心。這樣的事，一想起來就令人厭煩到極點。可是最後還是決定開門迎市，碧霞帶著佣人，一大早就到菜市場辦貨。她稍稍低著頭想盡量避開熟人的寒暄；這談何容易。幾個賣魚賣肉的老面孔，他們笑著對碧霞的辯解，說頭家娘啊，把妳燒成灰，我們一樣認得妳。這一早的採購辦貨，是她有史以來最累的一次。

碧霞一回到店裡，不發一言半語，一屁股就癱坐在沙發椅，一手貼著額頭，一手放在扶手閉眼喘息。許甘蔗在廚房忙，知道碧霞回來了，卻本能地意識到好像出了什麼事了？平常碧霞從外頭一回到家，人未到聲先到，她都主動即刻找許甘蔗的。她進來有一陣子了，怎麼一點聲音都沒有？他從廚房握著抹布走出，關心地問：「身體怎麼了？」碧霞聽到甘蔗說了第二次，她想說煩累了，讓我休息一下，但她沒能說出來。

「妳知道嗎？老師傅回萬華不幹了。說他老了。」他接著說：「哎！我們的招牌菜：西魯肉，肝花，紅燒鯉魚，八寶芋泥，都得靠他。他不幹生意都會打折扣。」

碧霞一聽之下，彈了起來說：「我們看他做菜也有好幾年了，做不到十分也會做到七、八分。我會。我想少年的阿添做老師傅的水腳，做了兩三年了，他住在砂仔港離羅東很近，他不會因為老師傅不來了，他也不做了。你我多忙一點，跟以前一樣啊！」一說到工作，碧霞又活跳起來，屁股早就跳離沙發，直走到廚房整理她辦回來的材料。

因為關了幾天的店門，除了生意，顧客熱絡於問長問短，店家陪笑臉之外，總得跟人回應幾句。話比較長的客人，一樣得奉陪，但要找個藉口，或是讓客人看到他們忙不過來的樣子，在廚房和客席間穿梭不停。

在裡頭當主廚的許甘蔗，看到妻子忙成一只打轉的陀螺，替她小聲不悅叫屈：「真叫人煩死！」

「你有什麼步？不能生氣，生氣就是我們不對。」

「怎麼講？」

碧霞苦笑著說：「人家對我們的關心，你能生氣？」看甘蔗手拿鐵杓背著鍋子對她，有點點發愣。「鼎裡的炒麵焦了！」這只是提醒，一方面希望他也能和她一起面對。

顧客的關心連店小二端菜的小弟和小妹也不放過。碧霞早已料到，她提前就教好店裡三、四個人，說只要客人問及有關小姐秀琴的事，就回他們，說事情進行得很順利。

午餐過後，客人都走了之後，開始整理打掃餐廳，碧霞坐在櫃臺忙著整理帳時，突然有人叫她一聲，「頭家娘。」她猛一抬頭，一看是南門大的手下三郎，她嚇了一跳的臉，也讓三郎感到歉疚。

「歹勢，歹勢，害妳嚇著驚！」他笑著，「我是南門的三郎啦！」

「我知道，我知道。」她連忙陪笑，走下櫃臺請三郎到裡面，找個桌椅入座，一邊叫小妹端茶水過來。此刻碧霞心慌了，一定秀琴那邊發生了什麼事，不然南門大的叫人來做什麼？他們一坐下來，三郎開口安慰她說：「是這樣的，我們見過兩三次面，都沒輪到我講話。只有一次；就是頭一次，北投電影公司的人雷公蔡他們，和我的老大南門的，我也在場那一次，我是說了一句話。當時你們的千金秀琴小姐，說她擔心一個人離家那麼遠時，我及時接著說：許小姐，妳不用害怕，有誰敢給妳動一根頭髮，妳告訴我，我三郎一定找他算帳。」

「有，有，我記得你有那麼講。」

「我下午來，是要你們知道，我說的話不是隨便開玩笑的！」

「感謝感謝。」她一邊替客人倒茶，一邊致謝。

「頭家娘，我今天沒過來說，我想那樣的一句話，你們不是忘了，就是把它當著玩笑。當時我說了這句話時，對方的吳副總就說我開玩笑。咱們老大也要我不插嘴。前幾天，你們請子弟班的丁財伯，來找我們的南門大，我也在場，我看到你們被冷落，後來又被羞辱一場，我半句話都沒說，你們走了，丁財伯被留下來喝茶，但咱們老大一點面子也沒給他。」三郎義憤地說：「這我不說，妳也不會知道。我三郎說出來的話就是話。」

碧霞也莫名地被感動，同時想撫平三郎的憤慨：「多謝你站在我們這一邊關心秀琴。聽說現在秀琴也穩定下來可以拍戲了。」

「這樣最好。萬一有什麼事需要討回公道，妳通知我三郎一聲。……」許甘蔗在碧霞暗示之下，他走出來了：

「歹勢，歹勢，我在廚房忙，所以晚出來打個招呼。不知你吃飽了沒有，我來炒一盤麵？」

「不客氣，不客氣，我吃飽了。我很快就走。我要搭兩點十分的火車去臺北，去北投電影公司，替大的辦點事，也會去探一下貴千金。不知道你們有什麼要交代我的？」

許甘蔗夫妻有點焦急互看了一下，碧霞看了一下牆壁上的鐘說：「這麼不巧，一時也不知道要你幫我帶什麼去？你要是碰到我們家的秀琴，你就叫她忍耐。」

三郎彎腰提起擱在腳邊的提袋說：「我已經買了兩斤的蜜餞，裡面有仙楂、李鹹，橄欖和旺來糖，準備給許小姐送給大家吃。你們的話，一定會替你們交代。」

其實，三郎對他曾經說過的那句話，一直覺得沒被重視，特別希望許家的人明白；就為這一句話，他特地跑來表白他的義氣。他這一趟往北投，不是他向許家說的，是替南門大的去辦事。是完全由自己深感他那麼認真的話，被視為玩笑而不平。他認為這句話是為許秀琴說的，他只認為有秀琴相信，那比誰都重要。

三郎到北投鴛鴦溫泉酒店，也快七點了。照鄭導安排的酒攤，這一晚有一位重量級的貴賓，因有一件特殊案件須要處理，說可能晚一兩小時。雷公蔡這邊跟另外兩個單位貴賓，取得諒解，大家都願意等。

有了這樣的機會，三郎去跟雷公蔡他們打了招呼，希望鄭導能讓這一段空閒，讓秀琴就在酒店裡跟她見面。這時大部分的人都在會客室，或是聚在酒攤臨近的房間，閒聊等貴賓到齊。

「等一下，三郎兄也可以一起喝酒啊。」鄭導演邀請了他。

三郎沒興趣，他主要就是要跟秀琴見一面。又不是要帶出去，就在鴛鴦池溫泉酒店，鄭導請人去叫秀琴出來見三郎。

秀琴都打扮好了，就是在等酒攤的貴賓到齊。聽說羅東有人來找她。她一見到三郎，一下子就記起來了。當時初見面時雖然互相沒說過半句話，三郎的漂撇帥樣，就讓她想起李營長；不是愛，是一種直覺的喜歡。看到三郎心裡也一樣心動。秀琴還深刻記得，當初在大家面前，她擔心離家太遠不安時，三郎就在大家面前，對秀琴說：妳不用怕，有誰敢跟妳動一根頭髮，我三郎就找他算帳。

「我替妳帶來兩斤羅東的蜜餞，妳可以分給大家吃。我有去看妳父親和母親，他們交代我跟妳說要忍耐，把電影拍完。」他看到秀琴對他連點了幾次頭。他要離開時，秀琴用雙手握住三郎的右手看著他，有那麼一下子，這使三郎感到這一趟跑來得非常值得。他深深體會到義氣的東西真正深植在心。他跑去找鄭導演道謝，但看到鄭導對人的臭屁樣非常不順眼。這種情形時常給血氣方剛的男人，尤其是黑道人物，帶來無謂的衝突；例如「你看什麼看？」

「你沒看我怎麼知道我看你？」

「那你想怎樣？」

「怎麼樣又怎麼樣？」

「來啊！」

「來啊！誰怕誰！」

還好，三郎只是冷冷地向鄭導說：

「鄭導演，咱們羅東的許秀琴小姐就看你囉。」

「是啊，是啊。那要看她看自己更要緊。」

「最好是平平安安。」說完，一轉身就走了。

鄭導聽了這句話覺得很不是味道，他很快就去找秀琴，「妳跟三郎說了什麼？」

「沒有啊。」秀琴疑惑地說。換個笑臉指著一大盤蜜餞，「他帶來的，說要給大家吃。」

「那他有沒有跟妳說什麼？」

「沒有。」

「沒有？」鄭導不大相信。

「到底發生什麼事？」

「真的沒有？」

「他只告訴我說，我父母親交代他叫我要忍耐，好好把戲拍完。」

黑道圈常說「呷一點氣。」看來三郎和鄭文斌導演，他們兩人的心頭都卡了那麼一點氣。

當天晚上的酒攤，真正的貴賓是安全局的一位高官。接近酒攤的時間，他派人來，說有要緊的事可能耽誤一個小時。這邊雷公蔡叫傳話的人，回去說他們可以等。

「聽說局裡逮到不少個紅色的。」雷公蔡對鄭導吐露了一點。

「對了，剛才羅東南門大的那邊的三郎來過。問他有什麼要緊事。他說來臺北有事，順便過來北投看看秀琴。他還帶來不少蜜餞，讓秀琴分給大家吃。」

「就那麼簡單？你沒留他一起喝酒？」

「有，我提了一下，他說晚上就要趕回羅東。離去之前要我多多照顧許小姐。其他沒說什麼。」

「走了就好，這位羅東的三郎，萬一惹了他，他性情剛烈，羅東的早前角頭三八凱惹了他，他用日本刀一刀就把三八凱的左手掌砍斷。那傢伙很兇猛，跟他講話要小心。」雷公蔡說：「你們沒發生什麼不愉快的事吧。」

「沒有。」聲音有點虛。

「最好沒有。」

過後不久，局裡又派一個人來說；「局長說很抱歉，今晚的酒攤他不能來了。」這邊的人習慣的問及因由。來人勉為其難，吐露了一點，「剛才抓到幾個匪諜。」

雷公蔡微怒地向問話的吳副總阻止：「別再問了！」

受怒的吳有友有點委屈地笑了笑，心裡想對外接洽都由他，這樣的問話也是一種禮貌，也表示關心啊。在為自己說個理時，他想到了；對，有關匪諜。他認了，他們黑道介入官商勾結時，特別是安全局的事，最好不要聞問。他把嘴巴湊近雷公蔡的耳朵，笑著說：「老大，你有夠敏感。厲害。厲害！」

「這有什麼厲害。我們早就講過了；尤其是你更不能不小心！」

「明白了。那麼我們的酒攤就開始了。那兩位貴賓等很久了。」

吳副總帶著老大到休息室，去向兩位久等了的貴賓致歉，並請他們入席。兩位貴賓滿臉笑容，看不出他們對等了一個多小時的時間抱怨；原來他們一個是頗具規模的地下錢莊的莊主，一個是建築界包攬工程的仲介。他們想能藉機交結官方的人物，高興都來不及哪。今晚雖然沒遇到特別的貴賓，只要靠緊雷公蔡，遲早總有機會認識一些在利益上，可得到方便的人物的。這些人的耐心分成上下兩面，對上畢恭畢敬，對下像丟粗話的垃圾桶。

這些天來的酒攤，確實是為了秀琴安排的。過去的酒攤，因為公司有女主角和一大堆女角色的臨時演員，公司方面就以她們，時不時對外做做公關，就利用女角做陪。被邀約的貴賓自然就感到意外難得；再說有美女作陪，相較之下，比上酒家高級，太太也不會囉嗦。

許秀琴艷紅，已經可以穩定她矛盾的情緒了；她不打扮的時候，那種天生麗質更吸引動人，連同框的女演員都服了，無一不羨慕。

艷紅照樣被安排坐在兩位貴賓的中間，所不同的是，不加排演，順雷公蔡和貴賓天南地別地聊，不過聊來聊去，大部分的話集中到艷紅和《午夜槍聲》電影上。這麼一來，在座的導演和其他演員也都有插嘴談笑的機會。

「范先生，你看，許小姐是不是值得鼓勵？」雷公蔡當酒攤炒熱之後，笑看著包商仲介舉杯說。

「那還用說。」范仲介也舉杯笑答。蔡老大馬上向秀琴說：

「許小姐，妳聽到了喔。快舉杯，來。敬范先生一杯。」秀琴甜美地笑著轉一個側臉向身邊的范仲介舉杯。

「乾了！」蔡老大說著一飲而盡。秀琴和范仲介也喝了。

「唉，唉！許小姐是咱們的大明星。妳看，范先生那麼誠意喝乾了，妳怎麼可以不乾。」蔡老大舉著顛倒過來的空杯笑。

秀琴看著手上的半杯酒，為難地笑著時，另一旁的莊主，伸手過來拿走秀琴的酒笑著吆喝一聲：「我乾了！」大家鼓起掌呵呵笑。他一高興，舉起他的杯子，「給我加滿，范先生的也加滿。」被夾在中間的秀琴，伸手去拿了酒替他們加滿。莊主對范先生說，「來，你說許小姐的電影放映時，你肯包一百場？」旁人又鼓起掌來。

「當然要包場。」他也舉了杯子笑著回話，「但是呷酒時不要決定事情，以後再說。」他把酒喝了。

吳副總舉杯對莊主說：「莊大頭家，這支片臨時臨要趕拍下來，要是欠些箍箍，你也可以調一調？」他的眼睛向蔡老大瞄了一下，望著對面的莊主笑。

「那當然。」

「好！」吳有友把酒喝了，莊主也喝了。大家又拍手嘻嘻哈哈。莊主放下酒杯伸手把秀琴攬腰抱過來說：「把秀琴拿來做抵押就可以。」什麼話不說，本來秀琴還順著玩笑，身體放鬆就要讓他抱抱，可是一聽到抵押，整個人挺起反彈，雙手一推，已經半醉的莊主，傾斜倒向一邊，全桌的人都驚叫起來；好在他們是坐在日式的塌塌米上，莊主竟弓著身子側倒發出傻笑，這才把房間裡繃緊的空氣恢復過來。另外一邊的錦鳳把張開大嘴不停嘻哈的莊主扶正，看了他這樣，每個人的臉也都放鬆了。唯獨雷公蔡的臉肌露出橫肉，看了驚恐的秀琴。

「秀琴小姐，妳不用向莊主敬一杯酒賠罪嗎？」

秀琴一時情緒的失控，她也知過，她自己盛滿了酒，舉杯淚流滿面又帶笑臉，向身邊的莊主恭恭敬敬說：「對不起，我知道我錯了。」她才說完，把酒杯移到唇邊時，莊主一手伸過來把秀琴手上的酒拿了過去，接手中，酒溢出杯外多少還剩半杯酒，一口就吞下去，接著嘻哈地唱起一支臺語老歌：你不對，我不對，不對也是對。你不對，我不對，攏是我不對，……。他一唱，會唱的人加入合唱，不會的順著節奏拍手。沒想到氣氛落到最低的酒席，沒一下子就衝到最高潮。吳副總偷偷向蔡老大，說莊主這個人不簡單。老大回話說，你以為地下錢莊生意那麼簡單喔。

晚了一個多小時才開席，經過三個多小時，雷公蔡看了看懷錶說：「時間不早了，大家舉杯敬二位貴賓。」所有的人都舉了杯，莊主欲罷不能：

「天還未光呢，來！人生難得快樂，再喝再喝。」他乾了。

吳有友使眼兩位小姐把莊主扶到房間休息。他走到范仲介面前，小聲說：「你沒醉？」

「你看，我有醉嗎？」

蔡老大走過來：「要不要到房間休息？」

「不用不用。你們也累了，早點休息。」他知道另有他意。

人散了，鄭導演走近兩位老大：「公關的酒攤，今天算是最後一場，接著我就要真的拍了。」

「你認為艷紅可以了？」吳有友有點耽心。

「進步很大，眼簾也不再浮腫了。」

「不要再給我舞出晚上這一齣戲！」蔡老大說。

「不會啦，不會啦。」

「最好不會。」老大拋下這句話就掉頭走了。

夜已靜了，任誰都可以聞到溫泉濃濃溫濕的硫磺味。

十九、「牛夜槍聲」

隔天，鄭導演放給秀琴的特別假到期了。吃了午飯，鄭導約略交待午後的拍攝工作。他特別地對秀琴笑著說：

「許秀琴小姐，從今天起妳就是盤絲洞酒家的艷紅了。希望秀琴小姐暫時離開一陣子。」他停頓一下，加重語氣，仍然笑著，「哇！昨晚秀琴一回來，把我們嚇了一大跳。」大家都笑起來了，秀琴有點難為情陪著笑。他說要不是莊主為人圓滑，被推倒還能嘻哈呵笑，代誌一定大條。「請記好，我再說一遍，我們要的是盤絲洞酒家的艷紅，不是羅東太和料理店的少年頭家，許秀琴。」秀琴勉強笑笑，大家和緩地進入拍攝的工作。

艷紅在《午夜槍聲》裡的重頭戲，即是在不同的酒席，挑逗三位迷戀她的酒客。至於其他的過場戲，除了陪酒外，酒女生活起居；泡澡、化妝、吃飯、姐妹淘便裝時的閒聊等等。

鄭導希望艷紅先從泡澡開始。

「各位，不要小看泡澡。我相信就這麼幾分鐘的泡澡，就可以贏得不少的票房。」他看到艷紅單聽他這麼一講，一臉緊張。「請放心，電檢處就不會允許曝光太多，我也不希望拍黃色電影，我們自然有分寸。」鄭導想起一段話，他笑起來了。他說：「有一支美國片，女主角背著鏡頭，裸露到只剩三角褲，雙手的大姆指已插入褲邊，準備把三角褲拉下來時，換了一個門外按電鈴的人的鏡頭。接著女主角已穿好了睡袍出來應門。就是這樣的一小段，竟然有不少人連看兩場。為什麼？他們說，第一場就要脫了沒脫，第二場就會脫啊！」大家都笑了。「當然這是笑話，但是就有這樣的人。不好意思，我們住在鄉下，我的阿公就是這樣。記得我們好容易才買了收音機，它一打開，有說有唱。老人家一臉狐疑，貼近收音機的木箱，想看看躲在箱子裡面的人。」

鄭導想從艷紅泡澡的戲開鏡，這使心裡都準備好的秀琴，想要好好配合的心，一想到要赤裸就緊張。她是無法推掉這個鏡頭；她盡量檢討自己，最後要自己推向配合去努力。不過她還是力爭，避免這樣的鏡頭；這好像超出她咒唸的侷限，她說：

「鄭導演，……」她為這突然需要曝裸身體的鏡頭欲提出抗議，卻開了口說不出話。

「艷紅，妳有什麼話儘管說，有問題我們可以討論。」

能獲得這麼客氣的回話，令秀琴換來另一種為難。看著導演之外，她自然地掃視在場所有的工作人員而發愣。最後她說：

「導演說我們要拍攝十幾個段落。我，我是說是不是可以把泡澡的戲，留待最後。這樣才不會耗掉化妝的時間？」與其說她在說明工作上的程序；事實上她是為自己爭取時間，可為一時難以克服裸露身體的難堪。

「艷紅，」鄭導還以笑臉，「這妳不用擔心。我們拍攝的計劃，導演組都安排好了，還有化妝也不怕麻煩。」

這下，秀琴無意識地把垂放下來的雙手，將她勉勵自己配合的咒唸手語顯露見了光，引起在場的人的注意時，她才意識到自己做了什麼。她馬上放鬆勾搭一起的手指。對這樣的事，大家只是注目，導演也沒聞問。

就在準備就緒的時候，雷公蔡和吳副總他們來了。他們不是來探班，主要的是，特地來告訴鄭導演，為了安全局的于局長，他說今晚的酒攤照辦。鄭導有點慌：

「昨天不是說他很忙嗎？」

「昨天是昨天！」吳有友不悅地說。

「今天，……」

「是于局長！你以為是誰？」

鄭導看了一下蔡董的冷面怒目，把欲說出口的話吞了回去，換了聽命的口氣說：「是的，我知道。」

為緩和凍結的氣氛，吳副總放低聲調，要大家稍聚過來，說明公司有不得已的公關。除了雷公蔡，其他人邊聽邊點頭。他特別注意秀琴。他問：「豔紅，妳還好嗎？」

豔紅看了一下鄭導，陪個笑臉說：「還好。」經她簡單的回答後，鄭導的心也放下來。

「妳知道，」看了一下秀琴笑笑，「今晚于局長是特別來看妳的。妳要特別特別的客氣對待于局長噯——知道？」

秀琴頻頻點頭。

「要真的知道，于局長是于局長，不是錢莊的莊主，妳不高興就可以把人推倒。……」大家都笑起來。

「不要說太多了！」雷聲終於響了一聲。他雙手掖後自個兒轉身就走。吳有友面對大家，睜大眼睛雙手一攤笑笑，馬上轉身隨後跟上。

這麼一小段時間的停頓，使秀琴稍鬆了一口氣。但是要面對的還是避不開。

「那麼今天能夠拍的段落，只有艷紅泡澡的鏡頭了。」鄭導說。大家看著秀琴，她咬著下唇半低著頭不發一語。

在農業社會時代的末端，女性肉體的神祕感，到揭不揭開的邊緣，反而比保守時代，更叫男人抱著一種慾望的期盼。所以在影片的消費市場，或多或少一定會安排機會，讓女性，特別是又白又嫩的美女的身體，呈現在畫面；當然，就算只著衣摟摟抱抱，也可以加分。至少到目前為止，秀琴在《午夜槍聲》這支片子裡面，她的身體是她唯一的本錢。任誰來製片，當導演，甚至女演員都知道，能夠叫觀眾引起諸多的聯想的，就能吸引票房。鄭導安慰秀琴：「不用擔心，就算妳願意曝露，電檢處也不會通過。我們會有分寸。妳不用怕。」

秀琴終於說服自己，聽導演的指示，拍了泡在溫泉露出頭臉的各個角度的鏡頭；包括坐在水裡抬起小腿和腳丫，還有坐在水裡，將身體向下滑，讓整個頭臉沒入水中，再弓起水中的膝蓋，露出溼漉漉驚慌張口閉眼的頭臉，緊接著左右甩頭再用雙手揑捋長髮，再拂臉張眼的一連串動作。雖然費了不少時間，鄭導很滿意，工作中的伙伴也分享到某種美感。

「秀琴，一百分！」鄭導讚美有加：「以後妳看了也不會相信自己，表現得這麼棒。」因為泡溫泉的關係，白嫩的小姐變成粉嫩的粉紅色。「好可惜，我們目前拍的是黑白片。要是能像美國他們現在拍的是七彩天然色的話，就會轟動武林，驚動萬教。」他說得秀琴都笑得不好意思。「不信妳自己照照鏡子看看。」

兩位幫秀琴的梳妝小姐，替她擦乾淨，披一件白色睡袍，面對大鏡子看自己乖乖地坐下來，任由別人替她用吹風機吹乾頭髮，再為她塗脂抹粉，當然這一切都沒漏過鏡頭。秀琴透過鏡子欣賞自己，像是對自己也有了信心；其實是漸趨於習慣。

「因為晚上的酒攤，有特殊的貴賓，今天的戲就拍到這裡。天也快暗了，跟酒攤有關的人趕快去做準備。」鄭導對秀琴說：「艷紅，今天晚上，不管是不是拍電影，妳都是女主角。看妳啦！」

秀琴還為剛拍完泡澡戲感到滿意時，對今晚的酒攤一點也不感到有什麼壓力。

就在大家要分散之際，有人帶來好幾張印就的海報找鄭導看看。海報一攤開，所有在場的人又聚起來看海報。鄭導指點拿海報來的人，將海報豎著拿在他的胸前，大家換個角度面對海報。秀琴被推擠到前面，她想看又不大敢看，她有點不好意思地看著。

「哎！要是海報上的艷紅，換成今天拍的艷紅，那就更妙。」鄭導在大家的笑聲中說，「我簡單說，海報上的人相是許秀琴小姐，現在的許秀琴小姐才像艷紅。你們說對不對？」大家鼓起掌，秀琴也贊同鄭導的看法，她又低頭跟大家笑了。

「等一下！等一下！」在笑聲中有人急切地叫起來，「你們看看標題！」大家把焦距移到桔紅色的標題，還是有人唸出，「午、夜、槍、聲。」

「是午夜槍聲嗎？」有人疑問。

「不對不對，是牛夜槍聲。」

大家的笑聲不敢大聲放開。鄭導問拿海報過來的人：

「公司的蔡董和吳製作人，他們都看了。董事長叫我送過來時，把海報交給你，要我什麼話都不能講，聽聽看導演怎麼說？」

「就這麼簡單的事，也要拿來考考我！標題錯了，誰不知道？午夜槍聲的午字，頭突出來了；午變成牛了，這叫小學生都知道。」鄭導不愉快地說。送海報來的人，把拿在胸前的海報捲起來，他笑得很自然。這讓導演覺得有鬼，在場的人一樣有些疑問。

「雷公蔡的，和吳副總他們知道之後，有沒有說什麼？」

送海報來的人，在鄭導的要求之下，他沒能一五一十地細述，還是說了。他說那一家小印刷廠的老闆，把海報的樣版送到公司的時候，董事長和吳副總就在等他了。在會客室喝老人茶聊天看海報；剛開始大家還談得很愉快，但當他們喝了幾輪茶，服務小姐再提熱水進來，看到牆壁上張貼起來的海報，小聲指說標題好像有錯字。經她這麼一說，才教蔡吳二人的注意。

「喂喂喂！老闆，你也差不多一點！」吳副總先開口指責，「把人家海報的標題印錯了，你竟然不知道！你們的人眼睛都瞎了！」

「蔡董事長，吳副總，我們印刷廠只負責印刷；是根據你們送來的稿樣印刷，我們不負責設計上的錯誤。」他認真說明印刷過程的責任時，會客室，裡面的氣氛繃得緊張。老闆一想起他印刷前，看到稿樣時就發現標題有誤，想掛電話問個清楚。但反過來一想，再怎麼笨也不會笨到午牛二字不分；說不定有電影公司他們的想法，他說我們只有尊重客戶的意思。「要不要找設計的人來問問？」

「先不用。你們都印好了？」吳製作人想到美術設計是蔡董的女婿。

「三千六百份都印好了。」老闆看到客戶也認為問題出在美術設計，他鬆了一口氣。

「老闆，你當時就發現有錯，又想打個電話問清楚，你說你以為我們有我們的想法，」吳副總看了一下滿副臭臉的蔡董，問老闆：「你想到我們的想法是什麼？」

「我、我的想法認為是你們故意設計的；當時我心裡還敬佩你們哪。」老闆笑著說，「這麼說好了；午夜槍聲四個字，大家都知道，可以了解它的意思。你們改為牛夜槍聲四字，大家就不懂，甚至於可以說，各有各的想法，因而覺得好奇，很想看看牛夜槍聲到底是在搞什麼把戲？讓人感到好奇，也是對票房有加分的效果啊！」

雷公蔡的臭臉不見了，整個氣氛都是由蔡董掌控。

「青森，你拿三張海報去北投讓鄭導看看。你先不要說什麼，讓他說說看。」

吳副總一交代，他就跑來了。

青森怕他說得太多，他擔心地對鄭導說：「拜託你不要向大老闆他們，說我說了。」

「那你回去，他們問你說我對海報有什麼看法時，你會怎麼說？」

「我說鄭導的看法，跟印刷廠的看法一樣，還說不改不重印，可以省掉很多錢。」

在大家的笑聲中，「青森老弟，你是我肚子裡的蛔蟲嗎？」鄭導很欣賞青森這個小傢伙。

「我有說錯嗎？」

「沒有沒有，回去他們問了，你就這麼說。」

「好的，我會！」他一轉身，鄭導叫：

「等一下！叫艷紅給你抱一下。」大家鼓掌又笑。

青森停了一下，一聽清楚，頭都不回，舉起右手搖搖，拐個角就不見了。大家回頭看滿臉通紅的秀琴，鄭導說：

「艷紅，把妳嚇壞了？」

秀琴摀著含笑的淚眼想避開大家。想是想，鄭導有話交代：「今天的工作到此為止。要參加晚上公關酒攤的人，該準備的趕快去準備。艷紅，晚上就看妳囉。」

秀琴點了點頭偷偷地勾搭雙指，跟著梅蘭她們，邊講話邊回房間，但她都沒插嘴，心裡只唸著配合，……

二十、匪諜就在你身邊

為了于局長的時間，北萊烏蔡董特地再延一天的酒席，以秀琴為主和三個女配角梅蘭她們，還有他自己以外，吳副總和鄭導演七個人。酒席換到一間特別的貴賓室，吃喝玩樂，泡湯睡覺等等，設備都齊全，連煙灰缸、小檯燈、電話墊、銅鑄的羅馬裸女像、花瓶插花、小鬧鐘、痰盂、小垃圾桶，樣樣都是高檔的東西。

相約的時間未到之前，做準備的時間令他們感到緊迫。雷公蔡的一臉橫肉都浮上來，吳副總的笑臉也不見了。那即是一種無聲的命令，要做準備工作的下屬人員，好好地快快準備，要做陪的，秀琴她們要好好梳妝打扮。

可是，要準備的都準備完善，傍晚六點半，時間一到，大家都放鬆下來之後，時間換了腳步，變得緩慢起來。過了半個鐘頭，未見貴賓的身影，並且多次問櫃臺接線小姐，所得到的回答：沒有。主人這邊，頻頻看手錶，看壁鐘，反而換了另一種焦慮。有幾次他們想：是不是打電話過去？想是這麼想，沒有人開口。因為公司上級的人，他們把以前跟于局長相聚時，于局長交代過他們不能隨便跟別人談他。他說我的工作單位和我自身的工作，比較神祕，不要隨便打電話給我。

蔡董他們坐在鴛鴦溫泉的會客室等，等到被定神似的都僵了。雷公蔡看看時間，已經等了四十多分鐘了，他向大家說：

「于局長對我們不錯！他那麼忙的人還肯答應我們的邀請。」他望望外頭，「我相信他一定會來。這一次是他邀約我們的。」大家聽了，無奈地淡淡笑了笑。

沒一下子，坐著面向外的蔡董和吳有友，他們突然振作地驚喜而同時叫著：

「來了！」大家跟他們倆向外望。他們看到溫泉外，兩三百公尺遠的地方，一部于局長的黑色吉普車，順著斜坡的山路，即將拐彎開到鴛鴦溫泉這邊來。隨著蔡董大家站起來，像是不知要做什麼好的小小慌張。

「真的來了！我們都到門口去。」

當大家走到門口，黑色吉普車也到了。迎接客人的笑臉飛了；他們只看到開車的局長隨扈，他靠近蔡董，說局長會來，請再等一個鐘頭。司機替局長拱手向蔡董致歉。

「請你向局長說，不要急，把事情辦完才重要。我們一定會等他。」

大家目送黑色吉普車走下坡。蔡董說：

「于局長夠朋友。其實他一通電話過來就行了，他還特別叫隨扈，從臺北開車過來北投，向我們致歉。他太客氣了。這樣子好了，時間拖到現在，我想大家肚子餓了，去吃飯。晚一點局長來了，他是來喝點酒，跟我們聊聊天，」他看著秀琴，「順便來看看我們的大明星許秀琴小姐。噢！是艷紅，是艷紅。……」大家笑笑紛紛走開。秀琴被叫到蔡董和吳副總跟前，吳說：

「艷紅，我們跟妳說，今晚妳不用拍電影，妳還是女主角，知道嗎？」說是艷紅，她還是抱著秀琴的心，勉強笑了笑，心裡唸著配合，配合，……。離開時雙手的中指勾搭食指，走進她的臥房，直到梅蘭姊叫她去廚房吃點飯。

從臥房到廚房；走出屋簷下的長廊，拐個角再走下階到餐廳，在這四、五十步的腳程，經他們慢步的時間，夠梅蘭禁不住地說溜了嘴似的，她說：

「妳可能不知道，于局長是警總的人，好像是什麼保安或是保密局，他是第一線獵紅的指揮官，」秀琴側個臉疑惑著看她。她接著，「就是抓匪諜啊。」秀琴明白了。只是「獵紅」一詞沒弄清楚，而事情正如梅蘭所說的。要是被認為是匪諜，或是認同共產主義被逮的人，其家人的親朋好友，幾乎都疏遠不敢跟他們往來，說是怕被染紅。這秀琴在太和掌櫃期間，常在客人的口中聽過。

臺灣光復四年後，蔣委員長帶敗軍撤退到臺灣之後，臺灣到處的紅磚牆，水泥牆，特別是學校的圍牆，都被粉漆成白底，上面大大地用深藍楷寫口號，要是電線桿，就豎貼像門聯用紅紙黑字寫一樣的口號；這些口號，經過一段時間就更改，又更改。最先的是，「反共抗俄」，接著同時布貼兩句，「殺朱拔毛」和「解救水深火熱的大陸同胞」，接著下來的是，「反攻大陸去！」到了忙壞了于局長時，牆壁上的口號，學生的作文和演講比賽題目，都是「匪諜就在你身邊」。在這一段白色恐怖的時間，民間傳說著安全人員種種惡劣的手段。最普遍的是，說他們找有錢有地的人當著匪諜的嫌犯，或是疑為通匪，更糟的有人賄賂誣告的，統統逮來審問。如果被確認，通常是死刑，不然就是送到綠島長期監禁。所以這些抓匪諜的大小官員，可以向疑為有嫌而被逮的家人，索取到不少的黑錢大紅包。

另外一套，被逮的人不一定是有錢財，而是妻子年輕貌美。丈夫被逮了，妻子纏著對方求情。最後對方暗示要她獻身即可放人。那知道豈止一次，頻頻滿足其人的欲求，不放人還占有人妻，弄到專情的妻子，搞不清自己的矛盾而輕生。這一些傳聞，蔡董他們都知道，包括眼前跟于局長有關的私事；因為他曾為別人，向局長送過紅包，說過情之類的事。

蔡董他們都填飽了肚子，這樣等了一個多鐘頭，黑色的吉普車出現在門口了，是于局長自己一個人開車上來的。

于局長見了大家，像扣了一下機關槍，連連說著「對不起！對不起！對不起！……！」蔡董這邊，多了吳副總這一把更密集地，「沒事，沒事沒事……」把于局長迎接到貴賓室裡。

「你們都還沒吃嗎？我是吃了。」局長說。

「吃了，吃了。」蔡董回了話。

「說真的，今天晚上我是過來放鬆放鬆。唉！事情把我這把老骨頭忙壞了。大家坐，大家坐。」

「開玩笑，于局長很忙我們大家都知道。說你自己是一把老骨頭？說我還差不多。看您四十都還沒出頭不是？」吳有友的一張嘴，說得讓將近六十的局長，不自覺地高興到兩邊的魚尾紋深深往上翹。

「那裡的話，那裡的話，嘿嘿嘿……」。這種拍馬屁捧場的爛語，局長早已聽到耳朵長繭了，他還是聽得爽快。

吳副總早就吩咐好了，艷紅要坐在局長的左手邊，其他人男女穿插著坐。雖然是和式的塌塌米，矮腳桌底下，凹個坐在坐墊上，雙腳可放的地面；這就不用像日本人跪坐。

「這樣好了，局長。我們弄一點拼盤小菜，喝點洋酒？」

「行行，弄一點小菜，喝點酒。嘿嘿嘿……」局長真的放鬆了。

局長笑臉的眼睛，像攝影的鏡頭，隨著艷紅，從站著靠近她，直到她拉緊裙裾，慢慢地坐了下來，到她把雙腳伸到凹底的地面。

「艷紅啊，局長身上又沒長刺，妳坐那麼開幹嘛？」

「沒事，沒事，嘿嘿嘿……」

艷紅移動一下下坐墊，靠近局長，她早就心唸配合配合，這倒是起了作用；她處得自然多了。一般飲酒作樂的熱身前戲，只要有一兩人懂得言笑恭維敬酒，而後酒不過三巡，很快的就把整席的主客融為一體。這麼一來，每個人都有話說，話少的人也會投入疑問或將自己的經驗，說出來補充。有經驗特殊的人，在這種情形就抑不住想要炫耀；于局長就有這樣的衝動。不過他明白他們為黨為國家幹的工作，不便到處說給人家聽。

局長被酒醺得臉都泛紅，兩隻眼睛的魚尾紋，因紅底襯黑變得活生生般的鮮明。他伸出左手跨過貼近他的艷紅的肩膀，把她拉過來斜靠在他的身上。還好，艷紅半推半就地笑著說：「我不要，我不要，我不要。」這才讓雷公蔡和吳副總他們放下心來。這麼一來，酒開了胃，也打開話匣子。難得的是，秀琴主動挑話。當局長斜攬著她的腰，猛吸她後腦勺的髮香時，艷紅嗲聲嗲氣地壓低聲音說：

「局長夫人來啦。」

「怎麼可能。」局長乘機將她抱得更緊，隨著每說一句，就用點力摟一次，「在哪裡？在哪裡？在哪裡？……」艷紅咯吱咯吱地，順著被一緊一鬆的摟抱，笑得很討喜。蔡側頭，鄭導伸頭夾住吳副總和幾位小姐小聲說：你還怕秀琴不會演戲？鄭導比個大姆指。吳副總說：讓她多喝一點酒。他們都點頭了。

「我不要，我不要……，你太太來了！」

「來就來啊！嘿嘿嘿，妳就是我太太啊！來呀，來呀……」

艷紅後腦貼著局長的前胸，仰頭吊眼，伸出右手食指堵住他的嘴說：「你亂講，亂講亂講亂講……」後頭的亂講，真的亂得含糊不清。

這是蔡董包括梅蘭他們都想像不到，看樣子，拍片子的事也不用擔心。這樣的心情，洋酒約翰走路，一小口，一小口地喝，斜靠局長的艷紅，對她來說，酒是多喝了，算她酒量還不小。她只是懶懶隨便開口問：「局長，你，你說，你很忙，你都在忙什麼？」這麼一問，于局長精神都來了；英雄喜歡在美女面前逞勇，原來不便在一般人面前吐露的事，他說了。

「你們不是常聽到政令的廣播宣導嗎？說匪諜就在你身邊。外面的圍牆也到處都可以看到，匪諜就在你身邊的標語，」他的話沒完，艷紅坐挺起來，笑指局長，再指自己說：

「匪諜就在我身邊。匪諜就在你身邊。」說了又斜靠局長。

「醉了醉了，艷紅。」吳副總說。他們是驚訝了一下。

「我才沒醉咧！我要聽局長很忙的話說。」她的臺灣國語也來了。

局長向來就是海量，再怎麼醉在意愛的人面前，英勇事蹟自然就想讓她知道：

「真的！匪諜就是這麼多。」看他認真起來，除了艷紅，其他人就顯得認真多了。

「抓匪諜是我的工作，匪諜不抓，我們不但反攻不了，反而讓共產黨打過來，那我們就沒有好日子過了。像我們今天這樣愉快的相聚，想都不用想！」他喘了一口氣，「今天凌晨我們在馬場町，斃了十九個。傍晚之前，分頭抓了一個高中老師組織起來的讀書會。抓了人，還要一個一個審問。每天就是這樣忙不完。」局長愈說難免帶著慷慨義憤。

「那，那這樣抓抓，會不會有很多人是冤枉的呢？」

「艷紅，……」吳有友裝出勉強的笑容，叫了一聲，話卻接不下去。

「什麼事？」包括說這句回話，晚上的艷紅確實看不到秀琴的影子。

「沒事。來，我敬你。」他舉杯，艷紅沒回應，反而是局長舉杯回敬。蔡董一看，他也舉杯說：

「來來，大家敬局長。」大家都舉杯，至少都沾唇，露出笑容。其實雷公蔡已經覺得累了，希望能夠早點結束。哪知道局長對艷紅的疑問，認真的回答：

「不瞞你們說，一定，一定會有被冤枉的人。世界上有那一個國家，抓間諜的時候，沒有人被抓錯，沒有人被冤枉錯殺的？我們也一樣難免。」他看看大家，「我們也聽到很多，外頭不少人都在怪我們的不是。匪諜嘢！不是小偷或是強盜，是可惡的匪諜，會讓我們亡國的匪諜嘢！為了救我們自己的國家，我們的黨，寧可錯殺一百，也不能漏掉一個！」

原來和樂的氣氛，頓時僵住了。于局長像回神過來，舉起杯子笑著向大家致歉說：

「我說到那裡去了？來來，你們隨意，我乾杯。」他把杯子舉到唇口，看到杯子是空的，正停住時，蔡董也看到了。

「局長的杯子是空的！倒酒，倒酒！」

小姐們往自己的背後拿出兩三支酒瓶都是空的。

「再去拿酒來！」

「不用，不用，不用。我喝艷紅的。」局長要拿酒的時候，才發現貼靠在他胸前，滿臉通紅的艷紅睡著了。他一手舉杯，一手指著艷紅笑。「時間不早了。」他看一下手錶，「哇！一點多了！對不起，大家明天都有事。我們今天就到此，謝謝大家，謝謝大家。」

「局長！您今晚不能開車，就住這裡。」

「對，不能開車，就睡這裡。」

「這間房間把桌子搬開，稍整理一下，就睡這一間。」

喝酒時局長沒仔細看，此刻掃視一下房間。「這間好。」他很滿意。

「我們都住在這家鴛鴦溫泉酒店，有什麼事，打一下電話，按個9就可以聯絡到我們。」

「沒問題，沒問題，好，好。」

大家都散了，幾個小姐進來，很快地整理好房間，被褥和棉被也鋪好了之後，她們不用說就知道，小心地替睡死了的艷紅，只讓她披上日式的睡袍，再把她扶到床位。事情辦妥了，她們並排向局長深深作了日式的鞠躬。局長慷慨地給了她們小費。她們高興的一再向局長，背向門口倒退著鞠躬出去。

小姐她們，走到昏暗的外廊拐角的地方，被吳副總的出現嚇了一跳，他豎起食指到唇前，要她們不出聲。他退後幾步，小聲問：

「艷紅怎麼樣？」他看她們摀著嘴笑。「有沒有醒過來？」

她們搖搖頭，好像笑得更厲害；只是沒笑出聲音來。

二十一、見紅

隔天，噢！不。是凌晨到上午九點多鐘，櫃臺接到電話是艷紅有氣無力的哭聲，特別交代要他們服務小姐，到貴賓房來一下。溫泉方面，很快地找到兩位小姐去看看。她們一進到房間，不用開燈就看到披頭散髮的艷紅，披著毯子癱坐在離床鋪最遠的角落，她睜著有氣無力的眼神看著她們。留在床鋪上的局長，張開大字形的手腳，仍然沉睡得很酣。身邊應該是艷紅睡的地方，皺亂不平的白被褥上，經過一段時間，留下已經變成紅黑的一攤血跡，有些沒竄開的變成薄薄的血塊，其周圍大小不一的也是血跡斑斑。兩位小姐貼近艷紅，小聲問她有沒怎麼樣？艷紅緩慢地擺了擺頭。其中一人，要同伴回去找蔡董他們。

走出來的小姐，找房間去敲門，她敲了一陣子，來應門的是睡眼惺忪的鄭導演。他很不愉快地嗆著說：

「什麼事那麼急?!」

「艷紅她，她……」她覺得難於開口，「她，她被睏了。」

「被睏了有什麼好大驚小怪！」

「可是艷紅她，她，哎喲！我不會講了，你們去看。」

這一下鄭導演才算清醒過來。他說他要換衣服，要她去把吳副總和蔡董他們都叫醒過來。就去喚醒他們，卻也花了一番功夫；連梅蘭她們。大家聚在蔡董的房間議論；有想法的，有待命的，最後聽取吳副總的建議，要梅蘭去把艷紅帶出來，回到原來她們的房間。他又指派服務小姐，「妳們回去清理清理，千萬不要吵醒于局長。」

吳副總和鄭導演都留在蔡董的房間，繼續交談前前後後的事。

「老實說，拍電影女演員被睡了，這有什麼可大驚小怪。問題是艷紅還是個在室女！被局長開苞了。」吳有友停下來想等蔡董說話，蔡董用手指頭輕輕撥弄上唇的短鬚沉思。他接著，「假使艷紅就此不幹了，這到底是他們違約，或是我們？」稍停頓還是沒等到蔡董的聲音，他又說，「對于局長我們又有什麼皮條？」

「那你說，接下去怎辦好？」蔡董開口了，臉上顯得無奈。

「是不是我們把《午夜槍聲》的殺青時間延後，先好好安慰艷紅。」鄭導演說。

「我想沒有那麼簡單吧。」說著看了一下蔡董之後，吳副總嘆著說，「嗨！這個局長也太急了吧。那次給艷紅辦迎新酒會時，局長一眼就看上艷紅了。後來他找上蔡董和我喝茶時，有關艷紅的事問長問短，包括酬勞，合約啦，問了好多事。他也應該知道艷紅還是個處女吧。」確實是如此，不知是職業上的工作習慣使然，連相關的人際關係也問。蔡董這邊也才認識艷紅他們家約莫一個月，後來才認識羅東南門大的，他們的三郎，林代書，再來就是五堵鐵工廠的廖董事長。

「處女？就因為是處女！」蔡董帶著怒氣說，只是不知道生誰的氣。談了一陣子，談不出所以然來。這時有小姐來說，艷紅已經帶回她們的房間了。

「我們先不要去看她。」

「也不能叫她出來。交代梅蘭她們小心陪她，千萬不能讓她想不開輕生。」蔡董原來沒睡好的臉都不見了。「有友，去交代小姐要小心。」他說了就走開。目送他的兩個回頭相看時，鄭導說：

「那《午夜槍聲》呢？」

「那以後再說了。我們話沒談完，他就走了。等一下局長醒過來，我們要拿他怎麼辦才好？」他想起來，「啊！我還沒去交代梅蘭她們。」他說了也走了。

鄭導演緩緩站起來，右手握緊拳頭震了一震，隨著用力小聲地「幹！」了一聲。正要走，蔡董和吳有友又走進來，蔡董說：

「局長醒來之後，當著沒事。他有問起艷紅時？」他看了看他們兩個。「你們說要怎麼講？」

「我們只好瞎掰個什麼，但是我們要說得一樣。」

「這套你最會了，你說。」蔡董說。

吳副總想了一下，他慎重思考一下說；「我看掰不得，萬一在他關心要看看艷紅，要跟她講講話呢？我想最後問到了，只好實話實說好。大家不用去傷腦筋了。我們想太多了。如果我們穿幫了，這問題才大。」

吳的考慮蔡董同意。那就是先講好，先開口跟局長見面的是吳副總了。

鄭導演較急的問題是：「因為艷紅賭氣的關係，電影拍不下去的話呢？」

「我們能要他怎麼樣？事情只好剝洋蔥，一層一層來。」

「好了，好了，看看情形再說。」他不耐煩地比著手要他們出去。他連睡袍都還沒換。

艷紅被梅蘭她們帶回房間之後，任她們怎麼問都問不出話來，她們雖還沒聽到吳副總來交代，她們早就擔心艷紅會不會想不開。好在艷紅任她們剝衣，帶她去沖洗，換衣服，再帶她回床上躺下來休息。可是，艷紅手足糾縮著像子宮裡的胎兒般地側睡。梅蘭要替她蓋被時，看到她換新的內褲褲底浸透淡紅的血水。「快，快拿點什麼來。」梅蘭指著艷紅的褲底。沒想到以為事情差不多了，又來這個。她們連忙翻出自己來經的網褲替用。

急著等待的時間最難熬，這跟事情有直接關係的蔡董和吳副總；特別是姓吳的急得，時不時連呼吸也得下意識。所有的事情，都得等于局長醒過來以後，看情形再說。

過午，于局長穿好中山裝走到櫃臺，小姐才發現。

「于局長早，蔡先生他們都在會客室。」她拿電話一撥，他們都跑出來了。「局長早！睡好沒？」蔡董問。

「早早，大家早。嘿嘿，我看了我的錶已經過午快一點了。下午有會議，我得盡快趕回去？」

「吃飽飯再走。」吳有友留他。他東張西望之後回問：

「艷紅呢？」

吳副總笑著說：「昨晚太勞累了吧，現在在她房間休息，今天電影的進度，需要稍延後。」

于局長舉手輕輕一招，他們聚近，他有點得意地說：「艷紅還是一個處女嘢，讓我開封了。」他笑笑，「今天我錢沒帶在身上，下次見面，我會給一個大紅包。記得告訴她，要好好照顧她。」他看了一下錶，快一點了。「三點我有重要會議，沒時間吃飯。」

有人把黑色吉普車開到門口，于局長坐上駕駛座，一發動轉個彎就往新北投公園滑下去了，站在鴛鴦溫泉門口揮手的他們，沒看到局長的回禮，也慶幸局長沒纏著要跟艷紅見面。

「大家好好吃個飯，沒事的就在這裡休息休息。」蔡董說。

「導演他們可以休息一下，我們公司那邊，我還有事哪！」

「好吧，就搭我的車一起走。不過公司那裡的事處理好，你還得回來照顧艷紅。」他對吳副總說。

「還好，事情沒鬧大，現在問題只要看艷紅她會不會卡住？」

「卡是一定會卡。你是製作人，看你了。」

跟《午夜槍聲》有關的人，在這個同一個時間裡，每個人想的事都不一樣。雷公蔡想的是于局長。吳副總想的是怎麼安慰艷紅，說服她演下去。鄭文斌導演想的是，幹他媽的好不容易才頭一次當上導演，竟然一腳踩進糞坑。

于局長從北投一路回臺北辦公室，腦子裡充滿反芻甜辣的回憶。拿艷紅來說，經他上過眾多女人的經驗，沒有一個比得上她。想一想，差在那裡？也很難說清楚。說年紀，有比她年輕的。身材是不錯，又白又嫩，模樣確實是個大美人。但這些並不是滿足造愛的……。說感覺嘛，有說不上來的奇妙，讓他自個地笑。他從頭想了一下：艷紅醉到睡死了，隨他剝光衣服，撫摸身體，手腳也任他挪移。想到自己，酒喝到命根直翹麻痺不覺，可是經他搖櫓似的撓動，對方一陣子手腳緊抱猛夾，勾頭禁氣，一陣子放鬆癱瘓，頻頻喘氣。想啊想，暗自笑啊笑，沒一下就到臺北，肚子也餓了。

吳副總這邊，他是想多聽蔡董的話行事，以免事後所有的責任都壓在他的身上。讓他抱憾的是，蔡董避重就輕，反過來想多聽他的想法。不過有關與許家艷紅的合約，他認為公司方面不用吃虧；要是艷紅他們以被性侵為由，他說：

「這可以推到是艷紅自願的，我們根本就沒強迫過她。還有另一個說法，把責任推給于局長。看他們有什麼門路找于局算帳。」蔡董聽了吳有友這麼說，難得地說：

「你比我更像董事長！」

姓吳的高興地說：「我還是趕快回北投，看看艷紅要緊。董的，請你的司機載我回去。」

吳副總很快的坐上剛乘坐下來的車上北投鴛鴦溫泉酒店。司機從後視鏡瞄到滿臉笑容的吳副總。他笑著問：「副總，你剛剛才從北投下來，沒一下子又要往北投去？」

「你以為副總經理那麼好當啊。」

另外這一頭梅蘭她們，緊盯著艷紅的動靜，看她不吃不喝，多次問她，她也不回應，好在看到她放鬆了身體，換了邊一樣弓著側臥。鄭導演也進到裡面關心，看了直搖頭嘆氣。梅蘭把鄭導請到一邊小聲問：「要不要聯絡艷紅的家人？」

「呃！這我不能做主。」他嚇得猛搖手。

「嗨喲！這樣下去怎麼辦？至少也要帶去看醫生啊。」

「妳有摸她身體嗎？」

「暖暖的還好。不過公司再怎麼樣，應該馬上跟家人聯絡。」梅蘭說得有點急著想去打電話；顯得有擔當。

「千萬不可，千萬不可。」他萎縮著。

不多久，吳副總回來了。才踏進鴛鴦溫泉，隨後黑色的吉普車也跟上。吳副總以為于局長也回來了，回頭一看不是，是一個較為年輕的，和于局長一樣穿著卡其色中山裝的制服。

「您是于局長那邊過來的？」

「沒錯。」他很嚴肅。

「請問尊姓大名。」

「我姓于，和于局長同姓，叫我于上尉就好。」

「是是，于上尉，請到裡邊坐。」

他們入座後，姓吳的抽個身，叫司機快點去把蔡董載上來，說于局長有請。回頭時端了一些蜜餞進來，他笑著說：「于局長和你們真的很忙。」于上尉不苟言笑，不瞎扯，直說來意：首先不可把艷紅的事鬧大。重新確認艷紅他們的人際關係，包括前一任的蕭導演。再來，《午夜槍聲》有關的契約書，正本和副本都要繳交給他們。有關局長和艷紅的事，絕不可張揚胡說外洩。局長負責保護艷紅等等。

「你們是眼瞎耳聾了嗎？拍什麼《午夜槍聲》？……」于上尉話未完，吳副總就笑著插話：

「現在不叫做《午夜槍聲》了，現在海報也印好了，叫做《牛夜槍聲》。」

「現在什麼時代？動員戡亂時期臨時條款規定，嚴禁私藏槍械。你們還在宣傳槍聲！」他難得鬆弛臉板，「就算你們片名叫做《午夜嬌聲》，也一樣過不了電檢法的這一關。」

「于上尉也夠幽默；《午夜嬌聲》。」姓吳的討好地說。

「所有的海報都要燒毀，如果被發現有外貼的話，你們就等著瞧吧。」

不到一個小時的時間，蔡董來了。他一進門就笑容滿面，伸手準備跟于上尉握手。他楞住了。吳副總是站了起來，笑臉尷尬。于上尉坐著沒動，只稍微抬頭看了一下蔡董，就回到他原來的坐相。

「這位是于局長的副手，和于局長同姓，于上尉。」他向于上尉介紹說，「于上尉，他就是我們北萊烏電影公司的蔡董事長。」

「我知道啊，他就是鼎鼎大名的『雷公蔡』。」他淡淡的回話，蔡董的暱稱，竟然是用帶有外省腔的臺語說出來。這可讓他們倆吃了一驚。姓吳的心裡暗暗叫屈；他這才知道，他們的資料都成了于局長他們的檔案。

雷公蔡原有的威嚴不可犯的面貌不見了，他移動了身體，靠近吳副總坐了下來。

「我話不想重說，吳副總都明白了，我走後，請向蔡董事長說清楚。」

「我會的，我會的。」他側著臉看蔡董。蔡董雙手手指相扣放在膝間頻頻點頭。

「馬上帶我去看艷紅。」

副總蔡董兩人互相看了看，只好聽命于上尉的指示，由副總帶路，先走到艷紅休息的房間。鄭導演在外頭也跟著趕進來，一個房間原先有梅蘭和錦鳳她們三個在照顧艷紅，一下子塞進來四個男人，小房間變成壓力鍋。除了艷紅閉目側弓著身子臥床，其他人都站在她的身邊。于上尉彎下腰看了看艷紅，梅蘭就蹲在艷紅後腦勺面向大家，低頭看著艷紅說：「她一直不吃不喝不講話。」

「趕快送醫院！同時也要聯絡艷紅的家人。」于上尉果決下令。

「對啊！我一開始就這麼說嘛。」她瞪著鄭導演，鄭導演一臉委屈看吳副總，吳副總本能地欲看蔡董，頭轉了一半即回轉回來，想附和說幾句時，于上尉說：

「吳副總經理，剛才我跟你講話時，一開頭我就說了：艷紅的事，于局長願意負完全的責任，但話絕不能亂傳！」

「是是，于上尉交代的話，我一定會向他們說清楚。」

「那還在等什麼？現在就把艷紅送到醫院看病。」蔡董說。

「這還得問！可見你們就這樣把奄奄一息的艷紅，擱在這裡等死。」

好在于上尉不做交際，領命辦事，不拖泥帶水。最後他要蔡董的車，馬上送艷紅看病，並且指定梅蘭幾個跟去照顧。

蔡董他們心裡非常不高興，但服了。

二十二、威風不敵靜風

艷紅被送到民生路范姜婦產科醫院，經過一番診斷，証明處女膜破裂，失血過多，導致貧血，體衰頭昏，感染淋病，初步發炎，同時稍有感冒發燒；至於有沒有受孕，尚要待一段時間。除了上列醫生的診斷，艷紅仍然不吃不喝不語，連醫生問診，梅蘭她們姊妹淘的苦言相勸，也一樣。唯一有所反應的是，被醫生問到某些經過或感覺時，眉頭的糾結，咬牙的鬆緊。其實讓她安靜時，可能自己一想到什麼也是如此情形浮現。

「醫生的建議和我們的想法一樣，需要住院。」梅蘭出來候診室跟吳副總做說明，「我看這次的事情比較複雜，住院住單人房比較方便吧。」

「可以。」一向來多言多語的吳副總，變得像只有聽令。

「那我就進去告訴醫生，我們要一個單人房的房間。那你就不用在候診室這裡等，你也可以進來啊。」梅蘭又說：「你要等到晚上艷紅他們家人來啊，你是代表公司，我們可不是。」

「我會，我會等到艷紅的家人來。讓我到外頭抽個煙。」

艷紅搬進單人病房，首先需要平躺打點滴，可是她一定要夾緊雙腿弓著身體側臥。年輕的護士，勸了又勸，試著讓她躺平，艷紅不是側右就是側左，拿她一點辦法都沒有。請來了護士長，她看了看，她把側臥被壓的一邊胳臂，內曲面正好朝上，靜脈就那麼清楚招眼，只要把點滴架移到同一邊就可以了。「要注意她翻身。」她笑臉看了看年輕的護士，轉個身走出去。

照顧艷紅的她們，從頭到尾艷紅長，艷紅短招呼到底，這也叫梅蘭起疑。她把錦鳳她們叫到門外，告訴她們說：

「是不是我們一直叫她艷紅，讓她討厭，讓她難過？」

其他人說不上是或不是，大家只有互相看看，再露出笑臉看梅蘭。梅蘭接著說：

「我也不是很清楚，不過我們從現在開始不叫她艷紅，我們叫她原來的名字『秀琴』。」

剛開始進了門，有人就忘了，又叫了艷紅，很快地被梅蘭使眼糾正。吳副總抽完煙回來，梅蘭把他堵在外頭，說明她們剛才的建議。他由衷地佩服梅蘭連聲說，「對對對，好好。」

對艷紅這件事，于局長在背後，迅速和縝密的布局。首先跟親密的部下，表明了他對許秀琴的意願，將娶她做為姨太太。為了解決許家被迫簽下的契約，他要利用當下老百姓，對警備總部及屬下單位的白色恐怖的陰影下，施壓跟許秀琴有關的人，以免他的意願受阻。

于上尉跟許家聯絡，約定搭晚上八點四十到臺北的火車，到站後在後車站出口，有黑色吉普車等他們。因為事情發生得太突然，許家的老人一時來不及請人照顧，許甘蔗和太太碧霞有過小爭論之後，做為兒子的許甘蔗留下來。本來丈夫還想聯絡鐵工廠廖董，在臺北等她作陪，碧霞堅決要獨自一人北上，不希望麻煩別人；其實秀琴所發生的事，雖然是被性侵，處在女性的地位，還是屬於不可告人的羞恥。

于上尉接到碧霞時，有點驚訝地問：「只有妳一個人來？許先生呢？」

「家裡有老人需要照顧啊。」

「從後車站到范姜婦產科醫院，十五分鐘就可以到。我們稍繞一下三十分鐘，我在車上向妳更具體的報告于局長的心意。」

「秀琴的身體我比較擔心。」

「許小姐現在住單人病房，有同事照顧，請許太太放心。」他停了一下，看她從家裡經車程四個小時的時間，心裡反反覆覆的煎熬，全都流露出來臉上。他說：

「于局長非常感到抱歉。他說他是誠心真正愛上貴千金許秀琴小姐，他有意納入妳的千金為正式的嫁娶。昨天他們倆喝醉了，在你情我願的情形下，兩人就一起過夜。啊！這種緣分，擋也擋不住，想避也避不開。」因為他們的來頭沒人敢惹，碧霞難堪不作聲，反而讓于上尉感到某種委屈。他很認真地說：

「于局長真的很真心愛妳的女兒。」這樣的話碧霞從媒婆的嘴裡聽多了，此刻由陌生的外省人的口中，聽到愛字，心裡有點不慣，不舒服。

「另外，于局長也反對許秀琴小姐拍電影，他要把你們的合約書親手毀掉。對了是契約書，許太太把副本帶來了嗎？我們在電話中有交代過。」碧霞點了點頭。上尉接著說，「那就好。那是什麼合約契約書！簡直就是土匪綁架。臺灣這些黑道流氓，等我們把匪諜逮盡，于局長說，再來就是流氓。」

碧霞越聽越糊塗，本來在心裡就把他們畫一邊，但聽于上尉講起來又不是那回事，害她矛盾到面對他們，要抱什麼態度都開始懷疑。她心裡正這麼想時于上尉說：「到時候見了他們，沒有必要的，妳盡量不說話，由我來講就好。妳好好照顧妳的女兒。就快到了，妳還有什麼話要我說？」

「契約書的事。」

「這個一定講。對了，下車前把契約書給我。」

碧霞對自己也感到奇怪，出火車站後，在短短半小時的時間，竟然在家裡和許甘蔗罵他們，罵到他們不是人，是豬狗不如。在四個小時的火車車程，她自個一人越想越痛恨到咬牙切齒。怎麼她現在變成乖乖聽話？

到了醫院前，于上尉遠遠就看到蔡董，吳副總和鄭文斌導演他們三個，站在門口走廊外的水溝邊抽菸。于上尉指給許太太看：「他們就在前面。」等車子靠近了，他們也看到于上尉。吳副總和鄭導，把煙丟到水溝，三個人笑臉相迎。許太太自然沒有好臉色讓他們看，吳副總迎向前，于上尉低聲地說：「不要阻擋許太太。我們就留在這裡談一下。」換個臉，「許太太，在三樓，妳問一下櫃臺。」碧霞一轉身，快步走進醫院。

許太太飛快上了三樓，敲開了332的病房，門才一開，她就急切地叫一聲，「秀琴！」一聽到母親的叫聲，比什麼藥都靈，差不多一直癱在床上的秀琴眼睛睜開了，身體也想掙坐起來。碧霞一個快步上前抱住女兒，口中直唸秀琴。身邊的錦鳳驚嚇地叫了一聲「點滴！」碧霞才冷靜下來轉個臉，看到錦鳳一手壓著打點滴的手，一手扶住點滴架。秀琴乖乖地讓母親把她放平，不再側臥，但是雙腳還是夾緊弓起腿來。碧霞把女兒的腿擺平，她還是要把腿弓起來。

「把腳放平，這樣風才不會灌進來。」秀琴的腿被放平了，又弓起來，這樣碧霞來回做了幾次，秀琴不再弓腿，可以好好躺著了。這真令在場的梅蘭她們嘖嘖稱奇。

樓下的他們，于上尉把說給吳副總聽的話，面對蔡董重說了一遍，最後補了一句：「從今以後，許家許秀琴跟你們公司，一點關係都沒有！」看了看他們，稍停頓了一下，「那你們現在就可以回去。」說完了點個頭就走進醫院。

三個人目送于上尉的背影，看他進入醫院之後，雷公蔡悶聲地說：「被做了！」接著他們兩個，咬牙切齒地幹來幹去。蔡董忍不住了：「要幹！剛才不幹！現在幹給誰聽！

腳穿後譙皇帝，誰不敢！」雷公蔡傷了面子，發了脾氣，轉身邁步走開。

于上尉上了三樓，敲了秀琴的病房，把碧霞招出門外，小聲告訴她：「從今以後電影公司的人不會去找你們了。要是他們再去找你們，或是找別人找你們，」他遞上名片，「馬上跟我聯絡。我想不會才對。」碧霞拿著名片，不知要說什麼，只有點頭。最後他說「讓秀琴好好休息一陣子，我們會去羅東找你們。」停了停，「沒事？那我就告辭了。再見。」

碧霞腦筋一直慌亂，好多事情沒搞清楚，找不到頭緒開口講話。進了房間，看到梅蘭她們聚在病床兩旁，替又弓身側睡的秀琴說話，要她躺好。

「我來了，我來了。秀琴，秀琴，是我，阿母啊！秀琴……」碧霞以為秀琴找不到她，她輕輕拍打秀琴，伸掌到壓在床上的臉頰底下，想把秀琴的臉翻過來，秀琴不肯翻轉就是不肯翻轉過來。在旁的梅蘭她們也連聲說，「是妳媽媽啊，秀琴，是妳媽媽啊……」

「怎麼辦？要不要請醫生來。」碧霞急壞了。

梅蘭告訴她，說一來到醫院就這樣，醫生和護士想盡辦法，都沒能讓她放鬆平躺。後來醫生說先不理她看看，結果她還弓著側睡，但是沒理她一陣子，秀琴的臉和身體才放鬆不糾力。醫生說這不是身體的病，是心理受到很大的打擊。

事情果然像醫生說的，焦慮而密集地對秀琴聞問，要什麼，做什麼的話，反而變成關心過度，引起對方的抗拒；那是一種反射作用。照顧秀琴的人，似懂非懂地有了心得。

人留在羅東照顧老人家的許甘蔗，把工作留給資歷較深的水腳當掌廚，另三個員工也很能體貼許老板。他幾次的長途電話，都求碧霞讓他北上看看女兒。「你關心你的寶貝女兒秀琴，這大家都知道。說真的，你來了安你的心之外，對秀琴，對店，對兩位老人家都不好。秀琴沒什麼大毛病，讓她靜靜休息一陣子就可以回家了。」碧霞包括于上尉處理他們的事，也都說明清楚。只是對方會這麼幫忙到底是為什麼？……。這在電話也談不完，碧霞半強迫性地掛了電話。

過了三、四天，秀琴感染的淋病不再發炎了，輕微的感冒也好了，醫院認為已經可以出院。但是已經能吃能喝，甚至上廁所都自己來的秀琴，也可以平躺，也可以坐起來，就是不說話。現在令碧霞不解的是，秀琴時不時就把兩手的中指勾搭食指，同時還會露出淡淡的笑容。母親問她這樣做是什麼意思時，她覺得好像被發現了，即刻就鬆開當沒事。有時手指又勾搭放在平躺時的胸前時，碧霞溫柔地把它掰開，她很快地又勾搭回來。

如果她是半坐在床上時，勾搭的手指就掖在背後。碧霞也認同醫生說的，這要找心理醫生。醫院方面也希望他們早點出院，因為病床有限。碧霞一想到出院，家裡都沒什麼準備；秀琴的起居，兩位老人和鄰居的看法等等，很多事情都還沒有就緒。她鼓起勇氣，敘說了他們的某些困境，希望范姜醫生，再讓秀琴多待兩三天。醫生被說服了，還讚美碧霞為人之妻，做為母親和媳婦之能耐；說是說服醫生，倒不如說是感動了醫生。

從臺北打電話到羅東方便，要羅東打過來，那得跑到電信局去。碧霞一離開范姜醫生，即刻就到櫃臺打電話回去。

「怎麼了？碧霞。」許甘蔗一接電話就緊張地問。

「先不要緊張，沒事。醫院讓我們多住兩三天。我在煩惱的是你母親的問題。不能騙伊；事情久了總是會出漏。要看你怎麼去安撫你母親啦。再來就是大後天晚，拜託廖董事長派他的司機李林茂來把我們帶回家；我希望我們回到羅東時，是深夜翻鐘一兩點。只有這樣才不會被人看到。喂喂……」

「喂，我在聽。」其實許甘蔗一開始，聽到要安撫老母親，他的腦袋就像被塞滿了東西。

「還有，把二樓秀琴房間裡面的門閂卸掉，重新把門閂裝在外頭。記住了喔。這裡不便講電話講太久。記住。」卡啦一聲電話掛了。許甘蔗拿著電話喂了半天，拿開耳朵又看了半天。

無形的東西往往比有形的還重，許甘蔗掛了電話，覺得扛著一身沉重的擔子。單單要安撫老母親一事，他就覺得相當為難的時候，後頭的母親走近來說：

「誰的電話？碧霞的？店裡家裡這麼忙，去看秀琴拍電影，去這麼多天連她自己也參與當明星是嗎？生不出查埔，生查某當明星有什麼效。你再打個電話，叫伊趕緊回來，說你祖媽在找伊。」

「阿母，」許甘蔗難言而嘆著叫了一聲，「碧霞是為伊的查某子秀琴無閒，……」

「這樣不是一起做明星，那，那是做什麼!?」

「伊，伊，秀琴，秀琴啊唷，這要怎麼講。」他想了一下，「咱們去裡面講。」他把老母親帶到裡面坐了下來，母親等著他開口，他也急得，「伊伊伊……」

「伊怎麼了？跟人跑了！」

「啊唷，你讓我慢慢講好嗎？阿母。」

許甘蔗吞吞吐吐，連話都說不成，汗都冒出來了，那談得上安撫；不過他把重點一吐出來，連自己都嚇一跳。

「什麼！」老母親跳起來了：「秀琴去給人睏去了！」

兒子求伊小聲一點。不說還好，伊大叫起來。

「查某子給人睏去，你還敢叫我小聲！你這款人，怎麼做人家的老爸。真正不曉見笑，我做你老母都見笑死嗯！」伊開始帶著哭調似的念了起來。「彼當時我叫你娶素卿，你就偏偏要娶碧霞，說碧霞是美女。美女是可當飯吃嗎？現在你知道了，伊不會生查埔，只會生查某，生查某去給人睏。你老爸一箍像死人，……」

許甘蔗知道阻止不了老母，他低著頭往外竄出去，老母親哭哭唸唸的聲音，就像長在他身上長長的尾巴，由他拖到外頭去了。

二十三、警總就在你心中

許甘蔗向他的老弟和小嬸千拜託萬拜託，把老人家接到鄉下。秀琴就如碧霞擬定的計劃，在當天的深夜，順利的載回家，一點都沒驚擾到左鄰右舍。可是大前天的傍晚，許母的哭嗆，已經有細聲低語在街上，甚至於寄居兩位老人家的莊頭也在傳說了。

面對這樣的情形，碧霞認為丈夫為女兒難過是應該，但是不必要太落俗為我們自己感到羞恥：要知道，我們是被害人哪！話是這麼說，一向被視為孬種的許甘蔗，始終感到臉面無光，抬不起頭來。他要求碧霞把店關了；不做生意了。這一點碧霞對自己說：絕對不可答應。不過她按捺自己，對許甘蔗先敷衍一下說：「以後再說。」

她知道過一陣子，許甘蔗就不會再提了。碧霞很快地在娘家那邊，找到非親戚的大嬸來照顧秀琴。

沒幾天，穿著算是高雅的一位女士，提著兩盒看起來覺稀罕的伴手禮，專程從臺北來到羅東拜訪許家。經她自我介紹，說是先替于局長來問候的。一聽是于局長，許老闆和碧霞心裡十分不高興，但是碧霞勉強露出笑臉，請客人入座，另一方面怕丈夫失言，回過頭要他避開。客人看到本來跟上來的許老闆有點不悅地走開時，她說：「許先生也一起來。」

「會，他會來。他現在有事。」

客人說她叫胡芳，在臺北當家庭的英文老師，于局長的兩個國小的小孩就是跟她學英文。她很快的切入重點：

「我沒當過媒婆，也不喜歡做這樣的事。不過在局長和局長太太的千拜託萬拜託的央求之下，也聽到局長誠懇的自責，同時也聽到局長夫人一邊指責局長丟人現眼，又寬容局長表示願意對秀琴負責。我是這樣被感動，才跑這一趟。」她把臉湊近碧霞像是講悄悄話，「我也是臺灣人，講到外省人，我的父親就抓狂。但是這個于局長，不但是外省又是警總的，有像他這樣的人，聽都沒聽過。」

當時，碧霞獲悉秀琴的遭遇，她就一直擔心秀琴以後要怎麼嫁得出去？雖然是我們被睡了，女人得不到同情，還被歧視；男人就不一樣，要睡幾個都不成問題。在臺灣做為女人實在歹命！有了這樣的認知，胡芳老師的話才可以聽得下去。

「于局長說，如果你們答應秀琴嫁給他當妾，看你們要秀琴住臺北或住羅東這邊都不成問題。妳是可以請許先生一起來商量商量？」

「沒關係，我先生和我的看法一樣，沒關係。」

「那你的看法呢？」

「秀琴現在，」她紅起眼眶，哽咽了一下說，「秀琴，她，她現在，哎！她現在精神還不穩定，……」

「怎麼說？精神不穩定？」

碧霞說不下去。最後她要胡老師，隨她悄悄地上二樓，偷探一下秀琴。當胡老師看清楚了，她嚇了一跳。這時碧霞一手搭在秀琴的房間外的牆壁，垂頭掉淚。胡老師走過去抱住碧霞，這使她更傷心地泣不成聲。「天哪！我明白了，我明白了，我……」胡老師也為她難過起來。突然間後面有人不悅地叫起來：

「查某子瘋了！有什麼好展給人看！」

「許先生，對不起，對不起，是我錯了，我明白了，我完全明白了。」胡老師一直賠不是。

「好了，好了。等一下再告訴你，你先下去。」碧霞很快的冷靜下來，看許甘蔗走開了。她帶幾分歉意，對胡老師說，「不好意思。」

「哪裡的話？要是我才無法像妳這樣。我才不好意思咧。」

「胡老師，妳回去向局長說，再等一段時間看看。」

她們下了樓梯，胡芳老師覺得不能久留，即刻表示要離開。碧霞替她叫了一部三輪車，送她到車站。

許甘蔗一臉狐疑看著走進門的牽手老婆。碧霞苦笑著說：

「警總的局長要當你許甘蔗先生的女婿了。」說完了，直走進廚房看幾個忙著的人說：「五點多了，客人就要來了，都準備好了嗎？」許甘蔗也進來了，碧霞看了看他，自己苦笑又拭淚。

另方面，于上尉開始列名給屬下，要他們分開做調查。在臺北的有北萊烏影業公司，蔡德欽、吳有友、蕭俊宏、鄭文斌、廖錦德、莊主等等。羅東這邊有吳得賢南門大、三郎、丁財、許甘蔗等等。分成臺北、羅東兩個地方，一個一個各別調問。審問室都差不多，四面壁一道門，一張矩方形的長桌和兩三只凳子。審問時，一座檯燈直照著被審者，審問者通常坐在燈後，燈一開，審問者不見人影，被審者一身亮。調查審問的內容千篇一律；知匪不報，與匪同罪。

審問的形式，唯一不變的是，審問者在審問中，拿出一小疊半身照的照片；那些照片都是確認為匪諜被槍斃了。審問時會一張一張要你好好仔細看，是否認識他們？審者的方式和語氣各有不同，有兩人輪流審問，一個扮黑臉，一個扮白臉。也有一個人疲勞轟炸轟到底，也有把被審問的人拘留隔夜的。也有跟你對坐半天不審不問的。還有向被審者敬菸的。這樣的各種形式，是于上尉看人安排。像對雷公蔡德欽角頭老大，和羅東南門大吳得賢他們的審問就比較戲劇性。他們單單被審問，他們自己就認為被逼問到丟盡了臉求饒，只差沒稱人叫爹叫爺，沒死的話出去還覺得怎麼見人。

其中二刀流的三郎，連夜在羅東刑事局老朋友的安排，在東澳搭小漁船，往距離臺灣最近的琉球列島的伊那國奔逃了。

五堵鐵工廠的廖俊宏董事長，被審問了一整天，他還安慰自己，好在對方沒問起宜蘭飛機場的七十二架的日本特攻隊的戰鬥機；他從一開始就為這件事緊張。好了沒事了！所以他一出來就沒有像其他被審問的人那樣失去魂魄。不過心中的陰影，跟在那時戒嚴白色恐怖的時代，關心政治的人，他們私底下說：警備總部就在我們的心裡。

二十四、有一天

從農業社會，踏進工商社會，社會大眾患了健忘症。口傳的也罷，廣播的，新聞報紙的訊息也好，每天一波一波湧上來，後浪推著前浪；這要人不健忘，或是不要喜新厭舊也難。

有一天，舊菜市場那裡有些騷動，有人半信半疑地指著說：「那不就是那個愛笑的查某囝仔，秀琴!?」「是啊，怎麼變成這款的模樣？」秀琴對著對她指指點點的人，笑著舉起中指勾搭食指的雙手放在胸前，比比對對地唸著：配合、配合、配合、……

國家圖書館出版品預行編目資料

秀琴，這個愛笑的女孩 / 黃春明著. -- 初版.
-- 臺北市：聯合文學，2020.9
220 面；14.8×21 公分. -- （聯合文叢；667）

ISBN 978-986-323-354-1（平裝）

863.57　　109013161

聯合文叢 667

秀琴，這個愛笑的女孩

作　　者／黃春明
發 行 人／張寶琴

總 編 輯／周昭翡
主　　編／蕭仁豪
資深編輯／尹蓓芳
編　　輯／林劭璜
封面設計／賴佳韋
資深美編／戴榮芝
業務部總經理／李文吉
行銷企劃／蔡昀庭
發行專員／簡聖峰
財 務 部／趙玉瑩　韋秀英
人事行政組／李懷瑩
版權管理／蕭仁豪

法律顧問／理律法律事務所
陳長文律師、蔣大中律師

出 版 者／聯合文學出版社股份有限公司
地　　址／(110)臺北市基隆路一段178號10樓
電　　話／(02)27666759 轉 5107
傳　　真／(02)27567914
郵撥帳號／17623526 聯合文學出版社股份有限公司
登 記 證／行政院新聞局局版臺業字第6109號
網　　址／http://unitas.udngroup.com.tw
E-mail:unitas@udngroup.com.tw

印 刷 廠／沐春行銷創意有限公司
總 經 銷／聯合發行股份有限公司
地　　址／(231)新北市新店區寶橋路235巷6弄6號2樓
電　　話／(02)29178022

出版日期／2020年9月　初版
定　　價／320元

ISBN 978-986-323-354-1（平裝）